書下ろし

外資系オタク秘書

ハセガワノブコの華麗なる日常

泉 ハナ

CONTENTS

タツオ語録

1

オタクであること、
それは生き様だ

人生始まって以来の危機到来。

いきなり上司のケヴィンに呼び出されたかと思ったら、あのみんながうらやむチャーミングな笑顔で、「突然なんだけど、最高財務責任者《ＣＦＯ》のヴァーノンが急遽《きゅうきょ》来日することになってね」なんて言い出しやがった。

そしてカレンダー指さすその先には、あの日が……。

瞬間、怒りで上司のデスクを蹴《け》り上げ、「冗談じゃねぇよ!!」と叫びだしそうになりましたよ。

だって彼が指さしたその日は、あろうことか夏コミ初日の日。

そう、年二回のオタクの祭典、世界中から聖地巡礼の人々が集結する、日本最大の同人誌即売会の初日、まさにその日だったから。

だいたい、一般日本国民全員がこぞって田舎《いなか》の墓参りにいって、足のついた茄子《なす》やらきゅうりやら飾りながら提灯《ちょうちん》に火をともし、ご先祖の霊といっしょに浴衣《ゆかた》着て踊るその日に、なんでＣＦＯともあろうものがわざわざ日本にやってくるんだよ。

ケヴィンは私の笑顔の下に隠された怒り狂った大魔人に気づくこともなく、相変わらず笑顔のまま、私を見つめながら続けたわけで。

「この日休む予定だった？　日本ってほら、お盆休みの頃でしょ？　ノブもお墓参りいくのかな？」

ああ、神よ。

夏コミの日がお盆であったことを、これほどまでに感謝したことはありません。

私はものすご――く悲しそうに、でも笑顔でいいましたよ。

「幼い頃亡くなった兄のセレモニーがその日あるのです。どうしてもとおっしゃるなら出てきますが……家族も全員集まってその日は亡き兄を偲《しの》ぶので、できれば休暇をいただきたいと思ってました」

この時のケヴィンのものすご――く悲しそうな、せつなそうな顔の写真を撮って、社内のファンの女性陣に無料配布してやりたかった。

「ああ、ノブ、ごめんよ。そんな大事なセレモニーを、仕事のために犠牲にしてはだめだ。大丈夫。プレゼンの準備だけしてくれれば、当日は他の人にお願いするから。本当に気にしないで」

私は少し悲しそうに、でも極上の笑顔を浮かべてケヴィンに言いました。

「お心づかい、本当にありがとうございます」

もちろん、亡き兄なんてのはおりません。

私には男兄弟なんて最初っからいないんだもーん。

しっかり定時で会社を出て家に帰り、テレビをオンにして、録画していたアニメを見る時間って、もうこれ以上ないってくらい幸せなひととき。

普通に生きていたら当たり前のことだけれど、今の私にとっては、代えがたい大事な一瞬です。

生まれた時から遺伝子に、オタクとか腐女子《ふじょし》とかを刻みこまれていたこの私が、何が悲しくていきなりアメリカ育ちにならなければいけなかったのか。

思いおこせば、商社マンのクソ父が、ニューヨーク転勤とやらを掲げて帰ってきたのは、忘れもしない私が中学一年の時。

人生最大に、あれほどに神に怒りぶちかましたことはありませんでしたよ。

都内私立女子校にお受験入学した私は、シスターたちの清廉潔白《せいれんけっぱく》なあの黒い服に隠れて、自由気ままにどっぷりオタク生活につかりきっていたのに。

あんなに苦労して入学したんですもの、ノブコはおばあちゃまのところにでも預けましよう……なんていう言葉が、母親からでも出てくるのは当然と思っていたのが甘かった。

「家族は絶対にいっしょでなければいけない」という両親の暑苦しくも迷惑な考えでもって、せっかくはいった私立の学校は〝とりあえず帰国した時には学力みて戻れるようにいたしましょう〟なんて曖昧《あいまい》な約束でもって引き離され、いきなりニューヨークのマンハッタンに連れ去られた私。

それまでは、朝から晩までアニメと同人とゲームにつかりきって、放課後はアニメ研のみんなと熱い萌《も》えな時間を持っていた私が、何が悲しくてアメリカなんかに行かねばならなかったのか。

だいたいアメリカで日本のアニメが観れるか!!

日本のマンガが読めるか!!

コミックや雑誌を発売日に買えるのか!!

イベントだって、海の向こうになっちゃうんだぞ!!

壮絶に渡米を拒《こば》む私に両親はやむをえず、従兄弟《いとこ》に頼んでアニメの録画を手配してくれたわけです。

たまたま従兄弟のひとりタツオは私を上回るオタク野郎で、当時ビデオ三台稼動させて放映されているアニメのすべてを録画していたからそっち方面は手馴《てな》れたもの、両親はもう一台メモリー予約機能ばっちりのビデオを買って奴に渡したという次第。

ついでに私は「アニメージュ」と「ニュータイプ」も毎号郵送してもらうように、タツオに頼んだわけです。

当たり前だ。

当時のオタク学生にとって、この二誌はバイブルだったんだから。

いや、ここで甘やかされた娘と思われては困る。

親は何考えてそうしたんだかわからんが、私は日本人学校に通うのではなく、いきなり地元のお嬢様学校に放り込まれ、そこで慣れない英語と格闘する羽目になったわけでありまして。

それがどれほど大変なことか、体験した人にしかわからない苦労と苦悩が山ほど。

昨日までオタク三昧《ざんまい》だった私が、英語だけで授業受けるのよ？

国語って、アメリカの国語は英語なのよ。

歴史だって、昨日まで大化《たいか》の改新とかやっていたのが、どこからが北だか南だかわからん南北戦争とかをやるわけよ。

成績が悪ければ、毎週あるタツオからのビデオ配送と、月に一回あるコミックとアニメ雑誌の定期便は停止されてしまうのであるからして、私は命がけで勉強しましたよ。

金髪の派手な同級生たちが化粧に明け暮れ、男と腕組んで楽しそうに青春謳歌《おうか》しているその横で、私はとにかく勉学に励《はげ》みました。

えー、そうです。

アニメとマンガのために。

育ちのよい娘たちが多かった学校では、優しい子ばかりだった。

しかし、彼女たちにアニメやマンガの話なんか通じるわけもなく、私は適当に親切ない い子たちを選んでいっしょにいるようにして、そりゃもうがんばりました。

ランチタイムには彼女たちにあわせて、クラスメイトの恋愛や芸能人の噂話《うわさ》とかしちゃったりして。

オタク腐女子たるもの、一般人にはそれを知られてはならないのであります。

だって、アメリカって国の、当時のオタクな人々への偏見っていったら、もうありえないくらいひどいものなわけで。

座ったらお尻の割れ目がズボンから出ちゃうくらいの巨漢で、アニメキャラのTシャツ着て、ぼさぼさの長髪のまま、アニメ観ながらゲームしながら、脂《あぶら》でべたべたの手で特大のピザとコークむさぼるようにして食べてるって、そういう印象しか持ってない。

しかも、当時のアメリカのオタクって、本当にそんなのばっかりだった。

そんなアメリカのお嬢様学校で「私オタク」ってカミングアウトすることは、万死に値するレベル。

さらに言えば、「男同士がエロいことしまくってるマンガや小説、大好きです！」なんて言おうものなら、リアルにゲイが大量に存在する国では冗談にすらならない。

ただでさえ異邦人な私が、そんなこと言おうものなら異星人レベルになってしまう。

そして、オタクの聖地日本に盆と正月には帰国できても、その頃はしがない学生の身分でお金もなければ時間もない私には、たった三日のコミケに参加することすら遠い夢。

夏に公開される宮崎《みやざき》アニメや「東映まんがまつり」を観るとか、アニメショップに行ってグッズ買うがせいぜいってとこ。

それでも、常日頃めっちゃオタクな話題をシェアしてくれてた文通仲間に会って、束の間でもオタク遺伝子炸裂《さくれつ》トークで幸せな時間を堪能《たんのう》していたのであります。

あとはとにかくタツオと部屋にこもって、ひたすらオタク談義。アニメ鑑賞会。

思えば、あの時の私はまだまだ甘かった。

今思い出しても、涙が出るよ。

そろそろ進学を考えましょうって頃になって、私はもちろん日本の大学を希望したんでありますが……ここで大きな落とし穴があった。

アメリカで教育を受けた私には、基本的に日本の大学の受験資格がなかった。

それを知った時の私の落ち込みは、もうそりゃすごいものでしたよ。

日本にも、帰国子女受け入れ枠《わく》がある大学もあるにはあるんだが数は少なく、アニメとマンガのために勉強しすぎた私は、ヴァッサー、スミス、ラドクリフって有名三大女子大からも、各地名のある大学からも入学ＯＫって連絡もらっていたために、学校の先生たちも両親も、「なのにわざわざ日本の大学行く？　何言ってんの？」って感じでさっさと却下しやがりました。

さらにあろうことか、その頃になってクソ父の帰国が決まりやがり。

結局大学進学と同時に、私を残して家族は日本に帰っていったのでありました。

その時のクソ父の言葉。

「お前も大人になったから、もうひとりでも大丈夫だ」って、なんなんだよ！　その勇者の父みたいな台詞《セリフ》は！　家族は絶対いっしょじゃなければならなかったんじゃないのか！

本当に今思い出しても、ハラワタ煮えくりかえるわ。

そりゃ、アメリカの大学にもアニメ研あるけどさ。

日本のそれに比べれば、子供の遊びみたいなもんだもん。

その時にはアメリカオタク野郎たちがＤＶＤとかビデオとか必死に翻訳したりして、けっこう日本のアニメもマンガも出回ってたけど、所詮《しょせん》は外国。オタクレベル低すぎだ。

なんで聖地に生を受けた私が、こんな僻地《へきち》で生きなければならないのよ!!

新番組のチェックしたいのよ!!

声優イベントだっていきたいの!!

同人誌も買いたいの!!

萌えな話をみんなでしたいの!!

結局私は、ニューヨークよりは日本に近いってことでカリフォルニア大学のアーバイン校に入学しました。

人々はその学校を西の名門と呼ぶが、私にはどうでもいいこと。

距離的に、ニューヨークよりは日本に近いって、もうそれだけで決めたんだもん。

しかし名門校への入学を大喜びした両親は私にとっても甘くなり、以前よりも帰国できるようになったことは幸い。思いっきりバイトしたお金でオタク活動費用も潤沢《じゅんたく》になったのも、私にはうれしいことでありました。

もちろん、ゲーム機器だって日本仕様のものを買いましたよ。

ゲームソフトも、タツオから送ってもらいました。

重要なのは、声優の声だもんね!

卒業する時、「大学院への進学を考えなさい」という教授たちのしつこい勧めを蹴り上げて、私はさっさと日本に帰国しました。

あの時、成田《なりた》に降り立った私の幸福度数はマックス。

帰国後の就職活動で、「なんでアーバインまで出た君が、秘書なんて仕事を選ぶんだ」というエージェントの人達に、にっこり笑顔で「わたくしは野心ございませんので、ビジネスの最前線におられる有能な方々のサポートをする仕事につきたいのです」と言ったが、ガチな仕事について仕事まみれな生活なんてとんでもない。

やっと日本に帰ってきて、心おきなく思いっきりオタク活動にはいれるものを、そのためだけに今までがんばってきたのだよ、この私は。

あれから十年もたって今の私。

女三十二歳、外資金融エグゼクティブ秘書。

人生のすべてをオタクな生活に捧《ささ》げる所存。

ああ、ビバ、ニッポン。

＊

私が勤務するオークリー銀行は、ニューヨークに本社のある中堅の外資系銀行。投資とかスワップションとか株式とか、ぶっちゃけお金動かしてもっとお金生み出そうよって種類のビジネスしてる銀行になるんだけど、日本のオフィスは、大手町《おおてまち》にあるビルの中にあります。

比率としては日本人社員が多いけれど、外国人もたくさんいて、国籍も様々。なので、日本語と英語が飛び交う職場になってる。

私が所属するのは法務部《リーガル》で、金融取引の契約書を作成しとりあつかっている部署。部長にあたるダイレクターと四人のマネージャーと彼らにつくそれぞれの秘書で構成されてます。

マネージャーたちは、窓際に横並びになった個室で仕事をしていて、その扉の前に、それぞれの秘書が並んでる感じ。

でも、日本の会社と違って、女性同士でおしゃべりとかあまりしない。

外資系企業って、基本、個人的な話とかあまりしないんだよね。

どこに住んでるとか、どこの学校出たかとか、年はいくつかとか、恋人いるかとか、結婚してるかとか、お互いに知らないのなんて当たり前。

おかげで、私がオタクであることもバレてない。

ここで私の本当の姿を知ってるのは、比較的親しい同じチームの秘書のヒサコさんと、その他で仲良くしている営業部《セールス》の秘書のエリちゃんだけ。

私が秘書としてついているケヴィン・ダンウェイは、絵に描いたようなアメリカハンサム、学業優秀、経歴ぴかぴか。

そんでもって、三十六歳の独身、ただし婚約者あり。

腐女子視点から言わせてもらえば、最初から完全に〝受け〟キャラ認定だったのだけれど、現実はそんなわけにはいかなくて、ゲイでもなんでもなかったのは残念。

彼の麗《うるわ》しい金髪と邪気のない緑の目に、よくいる外人狙《ねら》いの日本人女子たちはきゃーきゃーきゃーうるさいし、中にはそりゃもうとんでもない策略でもって彼に近づこうとする不埒者《ふらちもの》はあとをたたないんだけど、面白くもなんともない糞馬鹿真面目《くそばかまじめ》なこの受け男子はそういうのに目もくれず、シアトルにいるバリバリキャリア派な婚約者一筋の男。

営業部のオーレ・ヨハンセンっていうマネージャーが彼の仲良しなんだが、このふたりのカップリングが私の楽しみのひとつ。

オーレはスペインと北欧の血がまじったアメリカ人で、身長190センチ近いスリムな大男。灰色がかった黒髪に蒼《あお》い目で、さすがにアグレッシブな営業だけあってむやみやたらに自信満々に見えるキャラ。もちろん営業成績も常にトップクラスだし、そのへん歩くだけでやたら目立つイケメン。

こいつがケヴィンの個室にやってきて、その長い身体を曲げてケヴィンと会話しているところは、腐女子の魂《たましい》ひっこぬくくらいいいシチュエーション。

オーレってば、思いっきり〝攻め〟キャラ認定だし。

しかし、これまた残念なことにオーレもゲイじゃないし、それどころかあの六本木《ろっぽんぎ》麻布《あざぶ》なクラブ族って噂がある。

週末はオシャレなクラブに顔をだし、美女たちをお持ち帰りなさってるとからしい。

そりゃあの顔で外資系金融勤務で、お金もあって、あのボディにヒューゴボスやらアルマーニやらゼニスのスーツ着られた日にゃ、別に外人スキーなおねーちゃんじゃなくてもそのオーラに眩暈《めまい》を感じるでしょう。

普通の人には、ハーレクインロマンスの男性キャラっぽいもんね。

周囲の秘書嬢たちは、「ケヴィンにオーレに囲まれていいわよねぇ」なんてうっとりいうけれど、彼らは私にとってはただのBLなカップリング、日々の萌えでしかない。

ケヴィンの部屋から時々もれ聞こえるふたりの内緒話なんて、私の腐った脳には、ありがたいネタの投下にしかならない。

それこそが、腐女子の性《サガ》！

　そんな私だから、基本、会社の人との個人的なつきあいって薄いのだけれど、たまに秘書チームの交流をはかるって食事会があります。

　ちょっとお高めのレストランを予約して、みんなそれなりにお洒落《しゃれ》してゆっくりおいしいご飯を食べるんでありますが、つきあいが嫌い（というか時間の無駄）と思っている私にも、これはわりといい感じって思える会なんだな。

　うちの秘書チームは、外資にありがちなエロ指数高い女性とか、英語自慢な女とかいない。みんな、真面目にお仕事する、明るい楽しい人が多いので、普通の会話に不慣れな私でも楽しくおしゃべりできる稀有《けう》な場所なのです。

　普段はそんなどえらい高い金を飯なんぞに死んでも使わない、会社のつきあいは定時で終了な私だけど、その会に参加するのは、やっぱり楽しいから。

　ダイレクターの秘書なミナさんの他、エツコさん、タマコさん、ヒサコさん、そして私。

　今回は、常に新しいものに聡《さと》いエツコさんが、最近はまってるっていうスピリチュアルネタで大盛り上がり。

「スピリチュアルカウンセリングにいってきたのよぉ。もちろん、予約に半年も待ったんだけど、すごかったわー」って、美しい瞳《ひとみ》をきらきらさせて語るエツコさんに、みんなもきらきらになってた。

みなさん、悩める乙女なんだよね。

エツコさん、地方銀行勤務の恋人がいて、本当に熱々《アツアツ》熱烈で「その話はもうみんな知ってます」って感じだったんだけど、彼との関係をそのスピリチュアルカウンセラーとやらが「あなたと彼はソウルメイトです」って言ったんだそうで。

どうやらこの〝ソウルメイト〟って単語は女子のハートを確実に撃ち抜くらしく、そこにいたみんな(もちろん私除く)はその話には食らいついた。

いつもは冷静なダイレクター秘書《セクレタリー》で、みんなよりちょっと年上のミナさんが、「ソウルメイトって、運命の相手ってことでしょう!! ああ、私にはいないなんてことになったらどうしよう」なんていうもんだから、みんなさらにその話題にはまりこみ。

ミナさんの言葉にエツコさん、「そんなことないですよー、ソウルメイトって誰にでもいるんですって。魂でつながってる、その人生を共にする相手なんですもの。会えばすぐわかりますって言われたわ」

みんな、「あぁ……」なんてうっとりしちゃってる中、ひとりぽかーんな私。

恋愛とか結婚とか、自分の人生に必要って全然思ったことない。

オタクである自分をやっと満喫できる生活になって、もうそれ以外に時間を費やす気持ちがないんだよね、私。

　っていうか、実際、物理的にそんなことにかけてる時間もないんだけれど。

　そんなんで、反応薄い私にミナさんが、「あら、ノブちゃん、あなたこういうのに興味ないの？　あなたにはソウルメイトって思える人、いないの？」と突っ込んできたので、「ソウルメイトと呼べる相手はばっちりいます」と言ったら、まさに場内騒然となってしまった。

「きゃ――――！　誰、誰なの!!　ノブちゃん、いやだ、隠さないでよ!!」と叫ぶエツコさん、「どんな人なの!!　教えなさいよ」と揉《も》み手《で》してるタマコさん、さらにきらきらな瞳を私に向けるミナさん……。

　すごい、本当に瞳に星がある……ってその時思った私。

「そこまで言ったんだから、誰だか教えなさいよ」というミナさんに、「いやー、私にとってソウルメイトったら、もう従兄弟のタツオしかいないような気がするんですよね」って言ったら、さらにとんでもないことに……ミナさんの「なんですって!!　従兄弟!!」の叫び、エツコさんの「いやぁああん、禁断の愛なの――――!!」とかタマコさんの「幼い頃からずっとはぐくんできたのねぇ――――」な言葉に、「はい？」ってなっちゃった。

ソウルメイトって、恋愛限定での相手なのか?

でも、ソウルメイトといったら、そりゃもう私にはタツオしかいないってのは真実。

私より二つ年上のタツオは、小学生の時の知能テストのスコアが良すぎて親が先生に呼ばれちゃうような子供だったんだけど、頭良すぎた子供の典型で、理屈だか屁理屈だかわかんない論説かまして大人負かすわ、勉強はやらなくてもいつもトップだわ、教師に説教たれるわで、本当に変な子供でありました。

あまりに威風堂々としていて動じないから、ついた綽名《あだな》が〝モアイ〟だったっていう。

そのタツオがいきなりおとなしくなったのが、中学一年の時。

そう、彼はアニメにはまったの。

その後、タツオは限りなく引きこもりとなったわけですが、これは世間で言われるような一般的な引きこもりと全然違って、タツオの場合は単に「アニメ観る、ゲームする、マンガ読む」ために時間が必要だったから。

そして、親が彼の才能に期待して与えたコンピューター(当時は死ぬほど高価)でゲームの開発して、ゲーム会社に版権売って大もうけしやがり。

当然その金が、アニメのLDボックスやら(当時はアニメといえばまだLDが主流だった）グッズ、フィギュア、コミック、同人誌、ゲームやらに流れていくのは自然の理《ことわり》。

学校にはちゃんと行くが、周囲とまったく相容《あい》れないその性格は、当然一般のアニメオタクとの間にも深い谷をつくり、彼は一匹狼《オオカミ》アニオタとなっていたわけです。

ところが、インターネットが一般的になった途端、タツオの存在はアニメオタク界、あるいはオタク遺伝子を持つ人々（オタクといってもアニメなオタクばかりではないからして）のあいだで、燦然《さんぜん》と輝く存在となっちゃった。

彼はその明晰《めいせき》な頭脳と卓越した能力、そしてどこで身につけたんだか知らないが、そこらの大人よりもまっとうな社会常識と知識でもって、あっちこっちのフォーラムや掲示板、サイトであっというまに有名人になってしまいました。

タツオの両親は当初は彼のその頭脳に期待しまくっていたんだが、途中から「自分たちでは太刀《たち》打《う》ちできない相手」と認識し、「ひとさまに迷惑さえかけなければ、好きに生きてよろしい」という姿勢に変更したのは正しいかと。

ごくごく普通に大学生となり、ごくごく普通に会社員となり、ごくごく普通に社内結婚して、親にすでに孫の顔まで見せたタツオの兄をよそに、タツオは三次元の女なんかにちっとも興味持たず、ひたむきなまでにおのれの嗜好《しこう》のみで生きているわけです。

そのタツオが初めて〝仲間〟認定したのが、かくゆう私。

文字通り家の柱にしがみついて渡米をいやがって泣き喚《わめ》いた私に、「俺がお前の両親にかけあってやる」と言ったのはタツオ。

送られてきたアニメ雑誌で私がチェックしたアニメ以外に、「これ、お前絶対好き」といって、見事に私のツボにはいるアニメやマンガや同人誌を送ってきて、さらなる深みにいざなったのもタツオ。

考えてみれば、コミケとかの同人誌イベントで女性向け同人誌とか男がわざわざ買いに行くって、無茶苦茶アウェイ感ありまくりで、今考えてみると「すげぇな……」と感心するんだが、タツオはそういうのも頓着《とんちゃく》しない勇者だった。

そういうイベントでのマナーや、アニオタであるべきマナーやらを私に教えたのもタツオ。

帰国のたびに、私はタツオの部屋に奴とこもって、タツオ自慢のコレクションを見たり、蘊蓄《うんちく》たれながらふたりでアニメ観たりマンガ読んだりしていたのであります。

うちの親は「たっちゃんのところなら安心」といい、タツオの両親は「ノブちゃんだけがタツオの相手（しかも女）」って最後の頼みの綱《つな》だったらしいが、どっちも読みが甘すぎる。

我々のあいだに、男とか女とかはないの。

私とタツオ、たぶん遺伝子のどこかを分け合って生まれてきたんだと思う。

これをソウルメイトといわなくて何という？

その後タツオは普通に就職せず、ホームオフィスとは聞こえはいい、ただのオタク部屋でフリーのプログラマーとかをやっていて、今や世界中からの仕事を請け負《う お》っていたりします。

はっきりいってタツオ、金はある。

うちの親もタツオの親も、「もしかしたらこのふたりは結婚しちゃうかもしれない」って我々を見てるんであるが、まずそれはあるまい。

なんたってタツオは三次元の女に全然興味ないし。

私にしても、タツオはまさに我が半身みたいなものだから。

しかしこの、どうみてもソウルメイト、でも男と女って存在じゃないのよってな関係は、他人にはとってもわかりにくいものらしい。

＊

食事会の後、たまたまエツコさんと話していて、その日の晩タツオがうちに泊まることになってるって話をしたら、エツコさんの強烈な感動（「その人って、ノブちゃんのソウルメイトの彼でしょおおおお！」）とともに、社内中に流れてしまったのにはあせった。

エツコさん、そういうゴシップ大好きなのが玉にキズなんだよなぁ。

泊まるって、私のマンションにはタツオ専用の部屋があるのですが、これは東京郊外の実家暮らしのタツオが国際展示場《こくさいてんじじょう》のイベントに行くためのもの。

大崎《おおさき》駅から出てるりんかい線の始発、ないしはタクシーで現地までいき、早くから入場待ちすることは、タツオにとっては大事なこと。なんたって、イベントでは限定発行の本やらグッズが多すぎるのであるからして、それを買うためには早くから列に並ばなければならない。

もちろん私が大崎にマンションを借りたのは、イベント会場のエリアに近いからってただそれだけの理由だけど、そりゃさんざん世話になった恩義あるタツオが我が家をイベント出陣の基地にするのは、当然のことと思ってる。

そんな私の家には、タツオ用の歯ブラシ、バスタオル、パジャマ、パンツ、寝袋（布団《ふとん》はたたむのが面倒くさいから寝袋にしろとのタツオの命令）が置いてあります。はっきりいって、タツオのためにタンスの引き出しまで用意されてる。

ある時、ステディな男認定となったら、自宅に彼の洋服や下着を保管しておく場所を用意するってのが世間の慣わしってのを知り、ちょっとびっくりしちゃった。

そうじゃなくてもうちにはあるよって感じ。

タツオは普通の人より社会常識と人としてのマナーにうるさい男なので、洗濯も料理も自分でしてるし、朝も私が知らないうちに静かに出陣していきます。

私はただ、部屋を彼の前線基地として提供してるだけ。

なんか、秘書チームがきらきらする〝ソウルメイト〟とやらとは、存在そのものが違うような気もするけど、タツオと私の関係を表現するなら、この単語しかないような気がする。

そしてタツオと私、当然のことながらいっしょにイベントに行ったり、秋葉原《アキバ》行ったりするわけで、いっしょにすごす時間も多いのは事実。

その日も渋谷《しぶや》のイベントホールで、最近人気のでてきた若い女の子の声優さんのファンの集いがありまして。

抽選に当たった私が、タツオを誘って出かけた次第。

元宮《もとみや》ゆうちゃん、滅茶苦茶《めちゃくちゃ》かわいい。

「スーパーメカ」シリーズでは謎の敵方キャラをミステリアスに演じてるけど、「バンドーム」では渋いちょっと色気のあるおねぇさま役をやったりして、あのかわいさでかなりの実力派。

歌も上手だし、ファンの集いは思いっきり盛り上がりました。

そんな彼女だから、当然女性ファンも多い。

タツオの仲間のミンミンさんやコナツさん、コダマさんも来ていたりして、帰りはカラオケでゆうちゃんの歌をみんなでメドレー。

ああ、なんて幸福な時間………。

ミンミンさんたちと別れた我々、せっかく来たからまんだらけ（マンガ専門の古本屋）でも寄ってく？　ってなって、連れだって歩いていたところ……人ごみの中から、いきなり私の前にオーレ・ヨハンセンその人がっ!!

私もびっくりしたが、彼もびっくりまなこで私を見てる……そして、彼の腕をしっかりと自分の腕に巻きつけているのは、あのエミリーだ……。

うちの会社の営業部《セールス》のアドミ（庶務）をやってる、外人狙い系女子のひとり。

この人、まったき日本人のくせに「私がアメリカにいた時は、エミリーって呼ばれてたから」って、会社でも通称エミリーにしちゃった大馬鹿者。

そりゃ、社内には日本人だけど英語の名前使ってますって人もいるけど、それはあくまでも外人どもが会議で日本の名前で呼びにくいとかって都合があるから。

しかし、中には英語にかぶれた馬鹿者もいて、「お前のどこがマイクなんだよっ！」ってツッコミいれたい奴に限って、名刺にもプライベートにも使いたがるって傾向が高い。事務職レベルで英語の名前使う人はそういないんだが、エミリーはそれがすんごいクールなことみたいに思ってる。

本名は、スズキエミってそこらにあるような普通な名前だし、だいたい顔見たって、吉《よし》永《なが》小百合《さゆり》を踏み潰《つぶ》してプレスした後に、無理やり空気いれてふくらませてみました！ってな感じの顔なんだが、本人はそれを、「アメリカでは吉永小百合に似てるって言われたの、私、大和撫子《やまとなでしこ》系よねー」って自慢してる。

エミリー、悪意があったり意地悪な人とかではないんだけど、外人男狙ってガツガツ攻めるタイプの人だから、時々面倒くさいことになる。

ケヴィンが赴任してきた時も、エロ攻撃しすぎて、ケヴィンに「あの人怖い……」っていわれちゃった過去があるほど。

最初に口を開いたのはエミリー、「あらぁ、ノブコさん、こんなところで会うなんてぇ」ってわざわざ英語で言われて、「うへぇ……」ってうんざりした気持ちになっちゃった。

日本人が日本人にわざわざ英語で話すって、なんなんだろうか。

いきなり会っちゃって、しかも会社の女性とべったりくっついて歩いていることに気後れしたのか、珍しくおどおどしているオーレに私、あくまでも日本語で、「こんにちは、彼は私の従兄弟のタツオです」と紹介した。

そしたらいきなりエミリーが、「きゃー、タツオさんって、あの噂の、ノブコさんのソウルメイトって人ねぇ――!!」って、これまたわざわざ英語でいいやがった。

この人はなんでいちいち、英語で言わなきゃならんのかね。

「ソウルメイト?」ってエミリーに顔を向けたオーレにエミリー、「あらぁ、ノブコさんには、人生を共にするって神様が決めた相手がいて、それがタツオさんだって、もう会社では有名なのよぉ、知らなかった?」って言いながら、小首かしげちゃったりしてる。

その言葉を聞いたタツオが、いつもと変わらぬ思いっきり無表情なまま私の方を向いたので、「違う、違う、話が全然違ってるから―」って目で訴えたつもりなんだけど……あぁ、面倒くさい。

オーレといえば、エミリーの言葉を受けてか、ものすごい怖い顔をしてタツオを見てるし、いったいどうすればいいんだ。

そもそも、私が思いっきりプライベートな時間を満喫している時に、なんで君のようなつぶれ吉永小百合と会って、日本人からわざわざ英語を聞かなければならないのだ?

ところがそこでさすがタツオ、いつもはにこりともしない顔をゴールデングローブ賞ものの笑顔にして、右手をオーレに差し出し、素晴らしくきちんとした英語で「ノブコの従兄弟のハセガワタツオです。いつもノブコがお世話になっています」と言ったもんだから、今度はオーレとエミリー、別なところで目をむいた。

ああ、タツオ。

いざという時の君ほど、素晴らしい人はいないよ。

っていうか、あなた、英語すごい上手。

ノブコ、全然知らなかった。

いや、だがしかしこの男、普段はめったなことでは自分から動かない人間だけれど、何かって時には大魔神ほどの働きを見せる。

オーレは差し出されたタツオの手を握り、丁寧に挨拶《あいさつ》を返しているが、エミリーはなんか微妙な顔してそれを見てる感じ。

とにかくその場は、そのタツオの冷静沈着にして、状況とエミリーをまったく無視した対応でもってことなきを得ました。

それ以上エミリーにとやかくつっこまれても、面倒くさいだけ。

ところがさすがはエミリー、そこで終わらなかったのでありまして。

次の日会社に行ったら、会社中でタツオと私のことが噂になっていた……はぁ〜。

いわく、「あの噂のノブのソウルメイトは、身長165センチほどのプチデブ、度の進んだめがねをかけた、オタクちっくな男」だと。

オタクちっくじゃなくて、徹頭徹尾《てっとうてつび》、骨の髄《ずい》までオタクだって。

そのオタクに容姿まで期待すんなっての。見るからにオタクだとわかる容姿でも、タツオ、ちゃんとアイロンかけたシャツ、あれでも着てるんだぞ。

ヒサコさんとエツコさんも私のところへやってきて、「くだらない噂まくわよねー」といやーな顔した。

「そうよ、容姿なんて関係ないじゃないね？　ノブちゃんとタツオさんは、すべてを理解しあえてる同士なんだし、長くおつきあいしているのよ。あの外人かぶれな男漁《あさ》り趣味な人にはわからない世界よ」というエツコさん、あなたの言ってることは、とっても限りなく真実で、でも根本でかなり違ってるの……とほほ。

しかし当然のことながら、エミリーがその噂をまいたのは、別の意味合いもあるのは明白。

『私とオーレが渋谷でデートしていたら』ってのが、冠頭詞になるわけで。

オーレの秘書をやっているエリちゃんから、「オーレが壮絶にダーク。すごく機嫌悪いし、なんか嫌なことがあったみたい」とメールあり。

ところが突然昼前くらいから、その噂は別の様相を呈して驚いた……なんと、うちのIT担当のアメリカ人がタツオの名前を知っていて、「えーーーー、法務部《リーガル》のハセガワさんの従兄弟って、あのタツオ・ハセガワなんだ!! すげぇーーーー!! あの人って、世界中のプログラマーのあいだではかなり有名な人だよー」と言ったのがきっかけで、レアオタクのチビデブとまで歪曲《わいきょく》されたタツオのイメージは、『天才プログラマー』にまで変貌《へんぼう》。

噂なんて、そんなもんなんだね。

帰宅して、タツオに電話をかけ、事の次第を話したところ、タツオ一言。

「あの男、お前に萌えだな」と……。

は？　オーレのこと？　と言ったら、「そういう名前か。なんでもいいが、とにかくあの男はお前に萌えだ。あの男は一瞬にして俺をロックオンした。そういうことには疎《うと》い俺がわかるくらい、わかりやすいロックオンだった」と。

……びっくりしすぎて、私、しばらく言葉をなくしましたよ。

「まぁいい。お前は全然興味ないようだしな。まぁ、あの程度の萌えではまだまだだし、気にすることはない。ちなみに隣のあの女は、あの男にかなり興味があるな。しかしどうやら、萌えのレベルにはいっていない。あういうのは流行ジャンルを食い散らかして走り回るイナゴと同じタイプだから、気にすることはない。とりあえず人気ジャンルにははまってておけというタイプだからな。しかしあのテの奴は他人に迷惑なことをしまくるから、気をつけたほうがいいぞ。まぁ、厨《ちゅう》というほどでもなかろうが」

タツオ、ものすごく業界用語が多いけど、言ってることはすごいよ、あたってるよ。

「あれはさー、自称エミリーって女で、外人狙い女子のひとりなんだよー」と私が言うと、タツオ「会社でIDネームを使うのは、常識がないな」と一言。

「とにかくノブコ、お前はあの女にロックオンされているのは確実だから、気をつけるにこしたことはないぞ。もっとも、お前は天然にATフィールドを持つ女だから、そう困ることもないだろうが」

はぁ、厨ですか。

厨とはいわゆるネット用語の〝厨二病〟の略で、つまりはしょーもない常識ない、わけわからない人のことであります。

「なんで私がロックオンされなきゃいけないのよ、エミリーに」というと、タツオは電話の向こうでため息をついた。

「お前は頭は切れるが、一般社会に生きるには無神経で鈍《にぶ》すぎる。あの女はお前に萌えのあの男を手にいれたいわけだろう？　つまり、そういう女にとって、お前は敵になる。しかしお前のキャラは一般人には想定しにくい。普通の恋敵キャラとは明らかに違うわけだ。たとえるならば、ネルフにとっての使徒だ。使徒が攻撃しなくても、ネルフは侵略の脅威にさらされていると考える。結果、お前が何もしなくても、ネルフは攻撃してくるわけだ」

タツオ、ひじょうにわかりやすいたとえだけど、使徒認定されてもうれしくないし、そもそもその説明でわかる人ってかなり限定されてると思うよ。

しかしタツオの読みはたいていあたる。

でも今回は、全然まったくさっぱりうれしくない。

私のオタクまっしぐら人生に、オタク以外のことは混入してほしくないのよ。

＊

その日の昼頃、ＬＩＮＥにオタ友なミンミンさんからメッセージがはいった。

――今日の夜の定例会、楽しみにしています。

もちろんよっっっ！って叫びそうになった私。

毎月一回開催される定例会は、都内のカラオケボックスに声優ファンのオタ友が集まる日です。

ミンミンさん、チカさん、アヤちゃん、コナツさん、私で、それぞれお勧めのBLドラマCDを持ち寄って聞きあう。

利《き》き酒会みたいなものかな。

我々、ミンミン超えってのを目指しているんだが、ミンミンさんの声フェチぶりは、はっきりいってソムリエレベル。

「神尾晶《かみおあきら》は、低音でうわずった喘《あえ》ぎ声がすごくいいんだけど、渋すぎてあまり人気ないみたいで、そういう役少ないのよね。宮原徹《みやばらとおる》は、ちょっと激しく喘ぎすぎ。サービス過剰な感じがちょっと鼻につくわ。たまに攻め役もやってるけど、あの人、受け声だから、それが攻めやると、違う味わいが出るし、そっちでもいろいろやってほしい。原山竜彦《はらやまたつひこ》はぜひともBLに出てほしいんだけど、彼は絶対やらないって言ってるのが残念よね。あの声で、渋い中年な受けキャラやって喘いでくれるとすっごくエロいと思うし、他にはない魅力があるはず。でもたぶん、年齢からいってもやりたくないだろうなぁ」

有名なワインのソムリエがワインのコレクションについて語るのと同じに、我々には聞こえます。

しかも彼女のBLドラマCDコレクションは、数千枚。

驚いたのは、BLドラマ草創期の頃に、今や伝説となっている元祖耽美《たんび》小説家が自費で出した、ＢＬドラマカセットテープまで所有しているというすごさ。

彼女はそれらの貴重なお宝の保管のために、貸し金庫と貸し倉庫を利用している。

そこまでやるのかって言ったら、「だって火事になったら困るし」って、焼失を恐れるあたりは、美術館レベルな話。

そのミンミンさんが、数あるコレクションの中から厳選してきたものは、そりゃもう、至高のドラマＣＤとすら言えるような素晴らしいものが多く、常にトップ１に君臨しているのです。

ところがこの日は、違った。

アヤちゃんがバッグの中から取り出したＣＤに、我々、声を失いました。

「こ　これはっっっ!!」

ミンミンさんが叫んだのも当然。

なんとそれ、今は活動を停止してしまった元人気同人作家さんが、制作したというドラマＣＤ。

当時、声優学校に通う生徒の人たちと協力して作ったものなんだが、その生徒たちが全員、今やイベントやればプレミア級にチケットとれないレベルの大人気声優さんたちになってるんだよね。

さらにそのCDの発売枚数がきわめてすくなく、現物を見たという人がほとんどいない。

その後、再販を希望する声がやまないんだが、現在どこにいるかもわからない同人作家さんと大人気声優って立場になっちゃった人たちでは、今となっては再販不可能となってる。

それが今、我々の目の前に！

「どうやって入手したの？」と当然聞いたチカさんに、アヤちゃんが「それがさー、うちのお兄ちゃんが持ってたの」と。

思わずそこにいた全員が、「はぁあああああああああ？」ってなったのは言うまでもない。

「なんでお兄ちゃん？　お兄ちゃん、そっちの人じゃなかったよね？」と思わず聞いた私にアヤちゃん、「いや、私もびっくりなんだわ」と。

「うちのお兄ちゃん、この間まで同棲《どうせい》してたのね。んで、結婚前に破談になっちゃって、実家に帰ってきたんだ。あの人、音楽趣味ですごいっぱいCDとか持ってて、とにかくそれを整理しないとどうしようもないって手伝ってたら、そこから出てきたのよ」

「じゃあ、その元カノが持ってたってこと？」と聞いたチカさんにアヤちゃん、「いやぁ、あの人、どうみてもオタクじゃなかったんだよね。お兄ちゃんも、『なんだこれ？』って言ってたから全然知らないと思うし。元カノってけっこうだらしない人だったから、誰かの間違って持ってきてとか、どっかでまぎれこんでとか、そういうのかもしれないって思ってるけど」

そしたらそこでコナツさんがいきなり神妙な声で言ったわけだ。

「これはもう運命の出会いだわね、神が我々に聞け！って言ってるのよ」

五人、一瞬沈黙して、そしてＣＤのジャケットを見つめた。

その同人作家さんが描いたのは、マッチョな感じの男性ふたり。

少女マンガテイストの物語や絵が主流だった当時にしては珍しく、ゲイテイストの濃い作品を描かれていた人で、なかなかハードな物語が多かった。

その人の作ったドラマＣＤ、主役のふたりの声は、現在渋いおっさん声で一世を風靡《ふうび》している宅間啓二《たくまけいじ》さんと、冷酷な二枚目敵役やらせたら右に出るものはいないと言われている古賀《こが》マナブさん。

アヤちゃんがＣＤをセットすると、宅間さんがあの渋い声で語りだした。

『俺たちは出会ってしまった。

これは運命なんだ。

どんなに抗《あらが》おうとも、どれほどに逆らおうとも、これは運命なんだ』

チカさんが私の隣で、両手握り締め状態で聞き入ってる。

『俺たちは出会ってしまった。

これは運命なんかじゃない。

何があろうとも、俺は決して認めない』

次にきた古賀さんの声に、コナツさんが顔を覆《おお》う。

ふたりの掛け合うような語りが続き、そしてついに、激しく求めあい、絡《から》み合うシーン突入!!

「音!! ボリュームあげて!!!!」

ミンミンさんが叫んだ。

チカさんがつっとボリュームをあげると、部屋に響き渡る男ふたりの喘ぎと呻《うめ》き。

そこにいる我々、全身耳! って感じになってる。

誰も言葉を発しない。

そしたらそこで突然、ドアをノックする音、そして「遅くなって申し訳ありません、お好み焼きをおもちしました」って、カラオケボックスの男性スタッフがはいってきた。

はいってきて、そのままフリーズ。

『あぁあ、やめてくれ、お願いだ、もうそれ以上は……だめだ、我慢できない、おおぉう』

『はぁはぁはぁ、お前の全部を食い尽くしてやる、お前の全部を差し出せ、ここも、ここも、ここだって、すべて俺のものにしてやる』

部屋中に大音響で響くのは、男の喘ぎ声と湿った音（もちろん擬音だが）。

お好み焼き持ったまま呆然《ぼうぜん》と立ち尽くしたその男性スタッフ、その手から皿を奪うようにして受け取ったミンミンさんが、スタッフを無理やり外に押し出し、そのまま扉を閉めた。

「邪魔！」

CDは、きっちり三十分で終わった。

終わった瞬間、我々全員絶叫！

「きゃー――!!　どうしよう!!　宅間さんの喘ぎ、さいこー！」

「やっぱりうまいよ、研修生の時なのにこのうまさって何!!」

「古賀さんの受け声、初めて聴いた!!　もっとやってほしい！　商業だと攻めしかやってないじゃない？　受け声もいいよね!!」

「古賀さんは受けのほうがいいよー。あのちょっと斜《しゃ》にかまえた冷たい感じの声を、抑《おさ》え気味に喘いでくれると、すごい味わい出るよね。あの声で、甘えた感じの受け声とかも聞きたい！」

「ストーリーもすごくいいよね。いわゆるBLドラマ定番なもの、ないっていうか、この頃はまだ、ジャンル的にも確立されてなかったからかもしれない」

チカさんが言うと、コナツさんが、「昔のものだから、かえって新鮮ってのも面白いね」って言ってる。

私は一人暮らしだから、この種のCDも思いっきり普通に聞けるけど、親と暮らしていたり、結婚して家族がいたりする人だと、BLドラマCDを聞く場所とか時間、かなり難しい。

コナツさんは、BLドラマはすべてスマホにいれて、通勤中に電車内で聞いているツワモノだけれど、結婚してるチカさんやミンミンさんが大音響でBLドラマを堪能できるのは、この会だけ。

しばらく余韻《よいん》にひたっていた我々でしたが、ミンミンさんがそこで、ソムリエらしい一言を投じてきた。

「これ、サンリックスタジオで収録したんだと思うけど、湿り系の音、うざくて私、好きじゃないんだよね」

「あ、私もそう思った。でも、これ作られた頃だと、サンリックか勝俣《かつまた》スタジオしかなかったからなぁ」と、アヤちゃんがそれを受ける。

「今だったら、もっと良い音作ってくれるところもあるよね。他でこれ作ったら、もっといい感じになってたと思う。残念だなぁ」

ミンミンさんが、本当に悔しそうに言った。

「もう一回聞こうよ！」

私が言うと、みんなが大喜びで賛同してくれた。

レアコレクションなCDですもの、この機会を逃す手はない。

そしたらそこでチカさんが、「聞く前に、とりあえず飲み物と食べ物、オーダーしよう。また途中ではいってこられたら邪魔だし」というと、みんな大笑いして、メニューを見だす。

その後、注文した品を持ってきてくれたスタッフはさっきと同じ人で、恐る恐る部屋にはいってきたのを見て私たち、うっかり吹いてしまったんだよね。

*

オーレはケヴィンと親しい。

なので、その日もケヴィンと私をウィンドウズのバンドルソフトみたいに、「ケヴィンが来るから君も来るよね」って言ってきて、「行くわけねーだろ」と思ったんだけれども。

オーレが言ってきたのは、アメリカの企業が主催するチャリティのイベントで、オーレもケヴィンもそのお手伝いに行くらしい。

外資系企業では、ボランティアとかチャリティに社員が参加するのを義務付けている会社も多くて、うちもそのひとつ。

参加すると、その人のパフォーマンス（つまり評価）にも反映されるようになっていて、必要ならそのための特別休暇もあるほど。

オーレは親のいない子供たちのための進学基金活動に参加していて、今回もその募金のための集まりらしい。

「手伝ってほしいこともあるし」って言うオーレの言葉に、主旨も主旨だし、断れなくて、そういう集まりならって参加したのだけれど。

行ってみたら、チャリティとはいえ、ホテルの宴会場を借り切ったちゃんとした会でちょっとびっくりした。

年配な方や、スーツ姿の人もいるし、いろいろな国籍の人がいて、全体的には落ち着いた感じではあるけれど、その中に濃い目のアジアンチックなメイクして、色気と美貌たっぷりに演出しまくった外人狙い系女子も、やっぱりそれなりの数がいる。

こういう場所では、彼女たちは露出度の高いドレスで、回遊魚のように会場内を歩いている。

チャリティな集まりだと、それなりの人たちが集まるので、仕事としても自己アピールするにもとても良い機会がたくさんあるのは事実なんだが、ひらひら歩いている女性陣の目的は別。

私はそもそもそんなのとは別世界にいるので、素直に頼まれた受付をしていたのだけれど、それもすぐに終わってしまい、その後は会場内にはいって、募金集めのためのオークションを始めたステージをぼんやり見ていました。

と、そこで、「この会には初めての方？」って、いきなり声をかけられた。

見れば、ストレートな黒髪にお約束なエキゾチックメイク、胸の谷間をくっきり出したシルクのドレスを着た女性。

その人が、マスカラがっつりのまつげばさばささせながら、どう見ても日本人以外の何でもない私に、「こんにちは、私、リカよ」って、「お前はリカちゃん電話か！」ってな台詞《セリフ》をわざわざ英語でいってきた。

ちょっと面倒くさいなーって思ったけど、とりあえず私も丁重に「ノブコです」なんて挨拶した。

〝私、リカちゃん〟、ねちこい視線で上から下まで私をながめて品定めしてからくすりと笑って、「ケヴィンといっしょにいらしたから、どういうご関係かしら、なんて思っていたけど、彼のお友達の方？」って聞いてきた。

なんかちょっと失礼じゃないか、この人。

思わずムッとして、「ケヴィンは私にとって、受けキャラです」って言ってやろうかと思ったけど、理性がそれを押しとどめてくれた。

オタク腐女子の欠片《かけら》も、一般市民には見せてはいけない。

それが世のセオリー、世界のルール、神の定め。

それは、タツオが最初に私に教えた、オタクとして生きるためのルール。

「じゃあ、見るからにオタクなお前はなんなんだよ」ってツッコンだら、「だから俺は安易に外界と関わらない」とか、わけわからないこと言われたのも、ついでに記憶に刻《きざ》まれている。

公的な私は、商社マンを父に持つ、帰国子女でアメリカの大学を卒業した外資金融に勤める女。会社にはきちんとスーツを着ていくし、髪の毛だってちゃんと手入れしたストレート、どこからどう見てもオタクには見えない……と思う。

だから当然その日も、ヴァレンチノのワンピースなんか着て（気分はコスプレ）、萌えな話はいっさいなく（てか、する相手もいないけど）、とりあえずきちんとメイクして上品に笑って静かにしていたわけで。

はっきりいって、アニメとマンガと同人関係とゲーム以外に時間も金も使いたくないんだけど、最低限必要なものについては致し方ない。

とくに時計については、うちのバカ父がうるさくて、「ホテルマンや高級な店は、靴と時計で相手を見るんだ」なんて、どっかの男性ファッション雑誌かなんかで仕入れたくさい情報ふりかざして、娘には二十歳《はたち》の誕生日プレゼントに分不相応《ぶんふそうおう》にいい時計を与えていたので、その時のものがいまだ私の腕には輝いているわけでありまして（新しい時計なんか買わないよ、もったいない）。

〝私リカちゃん〟の視線が、その時計をガン見してるのを見て、ここまで品定めするかい！　と思ったんだが、ある意味、バカ父の言葉は正しかったとも言える。

そんなにいろいろチェックしなくても、私、あなたのライバルとかに全然ならないし、そもそもあなたにまったく興味ないから大丈夫ですよって言いたい気持ちになっちゃった。

しかしその後、〝私リカちゃん〟が、ネイルをきれいにデコった指を唇《くちびる》にあてて、くすりと笑った。

勝ったわって、彼女の心の声が、だだ漏れた瞬間。

どこで〝勝った〟になるかっていうと、持ち物とか容姿とか、着てる服とか含めた女としての魅力の高さらしいんだが、いやいや私、そこに全然参戦してないからさ！　って世界の中心で叫びたい。

ここまでくると、ケヴィンとっつかまえて、飢《う》えたライオンにトムソンガゼル放り投げるみたいにして彼女に渡してしまってもいいんじゃないかって思うほどなんだが。

そんなことを考えていたら、いきなり背後から「きゃー!!」なんて奇声あげて私に抱きついてきたモノが……。

びっくりしてそれを見たら、なんとニーナではないですか。

「いやぁん、ノブゥ、ひさしぶりー。こんなところで会うなんて、思ってなかったぁん」

と、相変わらず舌たらずな日本語しゃべってきたのは、化粧は濃いが明らかにニーナ。

ふと見ると、〝私リカちゃん〟女が、驚きの表情で私とニーナを見ている。

「あなた、ニーナとお知り合いなの？」とか聞いてきたけど、この人って私の交友関係ばっかり聞いてないか？

相変わらずなぁんにも考えてないニーナが、「あたしとノブはぁ、学生時代からの親友なのぉ」なんていいやがったら、〝私リカちゃん〟、アイライナーでくっきり縁取りした目が裂《さ》けるかと思うほど、目を見開いて驚いてる……。

ニーナ・フォルテンは、今世間でセレブリティとか呼ばれてる人種のひとり。

ニーナは頭は悪いが育ちと性格はいいって女の子で、ニューヨークで投資銀行家なお父さんと、シャネルの特別顧客名簿のトップクラスに名前がある、売れない女優だったお母さんに大事に大事に育てられた箱入り娘。

嫌でたまらない気持ちをかかえながら通っていたあのニューヨークの私立女学校で、英語が全然できなくて泣いてた私に、とっても親切に英語を教えてくれた優しい娘なんであります。

けど、実はニーナは本当に勉強ができなくて、英語に慣れた私に、気がついたら勉強教えてもらってるってことになってたわけで。

針金みたいに細くて背が高くて、ものすごいきれいな顔していて、顔のままに気持ちもきれいな子なんだけど、要領が悪いっていうか、頭悪すぎっていうか、遊びでやったドラッグでラリってひとりだけ見つかってしまい（他の子たちはうまく逃げてしまった）、退学させられそうになったり、ロックシンガーにはまって追っかけすぎて行方不明になったり、とにかく「お前、大丈夫か？」ってことが事件簿になるほどある。

美人で気持ちが優しい（言い方をかえれば優柔不断《ゆうじゅうふだん》）ので、やたら男にモテまくるし、断れない性格だからとにかく男関係が激しい。

ニーナは俺のもんだってスパニッシュの若い男が拳銃所持で学校にのりこもうとして警備員に取り押さえられた事件があって、その時はさすがに先生方は彼女の退学を考えたんだけど、ニーナはそこ以外は本当にいい子だったし、お父さんはそんなニーナのために山ほど学校に寄付していたのと、演技過剰すぎるほどに泣いたお母さんのおかげで、ニーナはなんとか卒業できたわけであります。

高校卒業の時、仲良しグループのエレインがニーナに「結局今まで何人の男と寝たの？」と聞いたら、ニーナは笑顔で「八十九人くらいまでは数えてたけど、もうわかんなくなっちゃったぁ」と言って我々を驚かせたのも、今となっては思い出（恐らくその後は絶対もっと増えてたはずだし）。

お堅《かた》いニーナの両親は、「このままこの娘を社会にだしたら、とんでもないことになる」

と正しく判断、学校卒業と同時にニーナを十五歳年上の成功したビジネスマンと結婚させてしまった。

その夫となったフォルテン氏はその後、アメリカ大手銀行の重役として日本に赴任してきて、ふたりは都内一等地の一戸建てに住みながら、日本在住外国人ソサエティの豪華メンバーとなっているわけであります。

そんなニーナは、日本の女性ファッション誌やらテレビやらに今やひっぱりだこ。

私に英語教えているうちに、逆に日本語覚えたこの娘、とにかく語学だけには脳みそが働く。

美人だし、上品だし、豪華だし、日本語できるってんで、あっちこっちのメディアで取り上げられた彼女を見て、とにかく今や、「ニーナみたいになりたい」女の子たちが、日本中にあふれかえってることに……君たち、本当にそれでいいの？　って、私はいいたいとこなんだけどさ。

当然、〝私リカちゃん〟みたいな人たちにとってニーナは賞賛の対象、いつか私もああなってみせるわ！　なんてロールモデルだったりするわけ。

そのニーナが、「ノブは親友」なんていうわけだから。

〝私リカちゃん〟は、今突然、おのれが私に下していた「容姿もしくはセンスもしくは持ち物自分より下位」という判定が、神の怒りに触れるほどの過ちだったことを知ったわけだ。

ニーナ、たまには役にたつ。

いや、別に私がニーナと親しいからって、私の何かが変わるわけではないんだが、ニーナに紐付《ひもづ》けされると、化学反応がおこるのはよくある。

そしてその後のことは、なんというか失笑レベルですべてが激変しちゃった。

集まった外人スキー女子連合な人たちは、固まって遠巻きに私を観察してたり、さっきまではわざわざ私に聞こえるように、「ただの秘書のくせに」とか言ってた人たちが、いきなりトイレの前で「ニーナ・フォルテンと親しいんですってね」なんて猫なで声で話しかけてくる……ああ、人間ってなんて愚《おろ》かで単純な生き物なんでしょう。

品定めされながら世間話するのも嫌だけど、みんなに人気のセレブの友達ってくりで寄ってこられるのも面倒くさい。

正直、こんな事なら、家にいればよかったって後悔してる。

たまっているアニメの録画も見なければならないし、やりかけのゲームもあるのよね。

結局私は最初の約束通り、少し早めの時間に会場を去りました。

ケヴィンは残念そうに見送ってくれたけど、オーレは引きとめて、「遅くなったら帰り車で送っていくから」とかなんとか言ってきたけど、これ以上は時間ないってのが正直な気持ち。

そんなことに時間使ってるくらいなら、アニメ観ます。

一日二十四時間しかなくて、アニメを観る時間はまだまだ足りないんだから。

にっこり笑って家が遠いからとかなんとか言って帰ったけど、実は私の家、そこから電車で三十分もかからないところなんだ。

＊

海外出張っていうのは、今はもう珍しいものではなく、むしろ、できれば避《さ》けたいものになりつつある。

経費削減の昨今、お金かけてわざわざ現地に本人行かせなくても、社内専用のスカイプみたいなものもあるし、会議用の電話もあるから、できるだけそれで終わらせましょうって会社が増えた。

大きな会社だと特撮に出てくる戦略防衛室みたいなビデオルームもあって、けっこうすごい。

お金がうなるようにあった時代には、キックオフミーティング（プロジェクトが発足した際、関係者全員を集める決起集会みたいなもの）を、わざわざ海外のリゾートホテル借り切って行うなんて話もよく聞いたけど、さすがに最近はほとんど聞かなくなった。

そんな中で海外出張っていうと、当然、本人がどうしても行かなければならない案件になってるわけで、それって、世間で想像するような優雅な出張とは遠くかけ離れている。

ＩＴ部門の本社出張なんて、話聞いたら地獄だった。

ニューヨーク本社は東海岸、飛行機内十数時間、会議のための資料作りして、早朝現地到着したらそのまま会社、そして会議、会議、会議。

やっと終わってホテルに荷物置いたら、今度は夕食会。

疲れた胃に、食べたくもないでっかいステーキとか食わされるハメになる。

深夜近くにホテル戻ったら、その頃には日本が朝を迎えるので、今度は日本のオフィスの人たちとのやり取りが始まり、寝るのは明け方近く。

だがしかし、あちらの人たちは朝が早いので、八時から会議とか普通にあって、会議室で朝食、会議やトレーニングで、これまた食べたくもないサンドイッチやピザを片手に仕事することに。

観光やら遊びやら、そんなことする時間あるなら寝ます！　ってくらい、きつかったらしい。

別でソルトレイクシティの郊外に行かされた人は、残業しようとしてたら現地の同僚に、「残業なんかしてると、メシ、食いっぱぐれるよ」って言われ、驚いて車で表出たら、信者の多いその地域、モルモン教の教えに従って六時で次々店が閉まっちゃってびっくり。

やっと見つけたバーガーチェーン店で、片付けていた店員さんに「お願いします!! なんでもいいから食べ物ください!」ってせっついて、「これしかないけど」って渡されたのは茶色くしなびたレタスサラダだったって、涙なしでは語れない話もあった。

今回、ケヴィンが海外出張になったのも、現地法人での大事な会議があるからなんだけど、ケヴィンは行き先がインドだってことで、大喜びだった。

なんでかっていうと、ケヴィンはなんだかわからんが、かなりのインド贔屓《びいき》。

我々秘書メンバーが陰で彼のことをカレーの王子様って呼んでるくらい、インドカレーが大好き。

初めてインド出張にいった人は、必ず一度はお腹を壮絶に下すという洗礼を受けるのだけれど、なぜかケヴィンには起こらず、本人は「僕のソウルがインドにあることを、インドの神様も認めてくれたんだ!」とか言ってたくらい。

とはいえ、今回もたった三日の現地滞在で、日程はかなりきちきちに組まれている。ケヴィンが現地のカレーを堪能できるのは、恐らく接待のはいっていないランチくらいだろうと思う。

私は上司不在をいいことに、その日ものんびり仕事していたのですが、お手洗いからデスクに戻ったら、エツコさんがものすごい怖い顔して、「ノブちゃん、すぐにケヴィンに電話して！」って言ってきた。

な、何が起こった？　って思ってケヴィンに電話したら、我が上司はこの世のものとも思えぬ情けない声で一言。

「ノブゥ、僕、飛行機、乗り遅れちゃった」

は？

瞬間、時計を見たら、今、まさに搭乗時刻。

空港にいないとならない時間。

「あなた、今、どこにいるの！」と聞いたら、これまた泣きそうな声でケヴィン、「まだ会社……」。

なんですとおおおおおおおおおおおおおおおおおっっっ！

「ちょっとあんた、何やってんのよ！　なんで会社にいるのよ！」

「だって会議のびちゃったんだよ。すごい白熱してて、途中で出るとかできなかったし、こっちの人たちも大丈夫だよって言ってたし」

インド人の大丈夫なんて、信じるな!!

あっちはガンジス川に身をゆだねて生きてるが、こっちはせいぜい隅田川《すみだがわ》なんだよ!!

ケヴィン、明後日《あさって》の朝一番には、日本で重要な会議があるから、明日には絶対に帰国してもらわないとならない。

ってことは、今日中に飛行機に乗ってもらわないと間に合わない。

私はあらためて時計を見て、「すぐに確認するから、スマホもったまま、そこから動かないで!」と言いました。

そしてそのまま、会社が契約している旅行代理店に電話をし、事情を話したところ、さすが、慣れたスタッフはすぐに空きを見つけてくれた。

見つけてくれたんだが……。

「三時間後のシンガポールエアに、ビジネスクラス一席だけ、空きがあります」

無言になった私にエツコさんとヒサコさんが「あった?」って聞いてきたので、受話器をおさえて「ビジネスクラスしかないって」って言うと、ふたりとも「げ」って顔になった。

ビジネスクラス、それは甘い響き。

少し前までは、ケヴィンくらいのポジションでも、海外出張ってなったらビジネスクラスは当たり前だった。

けれど今は、部長クラスでもエコノミー使えってご時世。

知人がいる北欧の会社なんて、社長ですらエコノミー使ってて、その社長がバイキングみたいにでかい人なんで、周囲は「金さえあれば、ビジネス使わせて、周囲に迷惑かけずに済むのに」って言ってるくらいなんだそうだが。

そういう状態だから、ビジネスクラスを使うには、それなりの理由と、上長の承認が必要になる。

書類を作ってダイレクター秘書のミナさんのところに持っていった私、理由に「飛行機に乗り遅れました」って書かなければならない恥ずかしさ、ケヴィンの奴、許すまじ。

書類見たミナさんは爆笑したが、経費のこと考えたら笑っていられない。

ダイレクターの承認もらった後、速攻旅行代理店に電話をして、チケット発行してもらい、私はそのままケヴィンに電話をいれました。

「今からすぐに空港行って。あと二時間しかないから急いで。これに乗れなかったら、殺す！」

上司に言う言葉じゃないけれど、場合が場合で、しかも相手はケヴィンだからもういい。

ほっとして気が抜けたところで、ヒサコさんが「コーヒーでも飲んでくれば？」と言ってくれたので、リフレッシュルームに行った私。

リフレッシュルームっていうのは、各フロアにある休憩室みたいなもので、水のペットボトルやコーヒーマシーンがある。

デロンギのコーヒーマシーンでコーヒーをいれた私、ソファに座ってそれを飲んでいたら、オーレが突然やってきた。

オーレは、私の姿を見るとぱぁっと笑顔を浮かべて、「珍しいね、ノブがここで休憩なんて」と言うので、「ケヴィンが飛行機に乗り遅れて大変だったんだよ」と話すと、オーレは声をあげて大笑いした。

まぁ、そうなるよね、普通は。

私だって、自分の上司の話じゃなかったら、大笑いするわ。

「あいつの面倒みれるのは、ノブくらいだな」

オーレが笑いながらそう言ったので、私はちょっとびっくりした。

「そんなことないよ」と返すとオーレ、「いや、ノブだから笑って終われる話になるんだよ」と言う。

「あいつ、あんなんだから、今までついた秘書にはけっこうみくびられて苦労してるんだ。仕事では有能だけど、ああいう性格だから、アメリカで仕事するには軽く見られてしまうし、押しも弱いからナメられる。ケヴィンはノブが自分の秘書になってくれて、すごくハッピーだっていつも言ってる」

ちょっとびっくりした。

そして、ちょっとうれしかった。

ケヴィンは確かに、ちょっとドンくさい。

典型的なアメリカ人ビジネスマンのよくあるスタイルから考えると、かなりダメ感あるけど、逆にいえば、誠実さが丸ごと見える人で、相手を尊重して仕事するから、トラブルも少ない。

仕事を超えて、彼の人柄を信頼する人もたくさんいる。

私もいろんな上司についたけれど、ものすごい難しい人や、秘書を召使みたいに扱う人もいる中、ケヴィンみたいな人が上司になったこと、本当に感謝してる。

イベントやコミケとかで休暇申請しても、一度もだめって言ったことないし。

「ノブは、何があっても文句や愚痴《ぐち》をこぼしたことがないし、怒る時も一生懸命だって、ケヴィンはよく言ってる」

あらためて言われると、そうなんだ……って気持ちになる。

これが他ならぬ、ケヴィン本人からではなく、彼の親しい友人のオーレから聞くからこそ、ただのお世辞《せじ》じゃないんだなって思えるのも不思議。

「僕も、エリとノブがいつも楽しそうにしてるのを見ると、うれしいよ」

オーレがそこで言った言葉に、「なんで？」って思ったけど、まぁ、自分の親しい友人の秘書と自分の秘書が仲良しなのは、確かに見ていてもうれしいんだろうなって思った。

そこでオーレが時計見て、「あ、行かなくちゃ」って言って、片手あげて爽《さわ》やかに去っていった。

私はオーレが言ってくれた言葉をあらためて考えて、明日、ケヴィンが帰ってきても怒らずにいようって思った。

もっともっとケヴィンにとって、良い秘書になろうって、思ったんだ。

＊

オーレの秘書のエリちゃんは、ごくごく普通に当たり前の日本人女性で、ごくごく普通にまっとうに常識的な人。

つまり、日本人にはちゃんと日本語で話して、変にえらそうじゃなくて、間違ったキャリア志向でブイブイ言わせてなくて、外人スキーじゃない。

いや、外資系でとくに金融とかいうと、そういう人の貴重さが身に沁みるのであります。

もっとも、そういうのって金融に限ったことじゃなく外資系企業では、つきあうなら結婚するなら外国人！　って人の割合は、多いような気がする。

外国人って言ったって、いわゆる欧米外人で、金髪碧眼《へきがん》限定、しかも金持ちであることが当然ってところが、「何言ってんですか？」って感じでそんな設定の人なんてほとんどいないものだけど、それを夢みて、「オトしてみせるわ！」みたいにがんばってる人も多い。

自分だけでやってくれてる分にはいいけど、なまじそういう人に仕事でも関わっちゃうと、面倒で嫌なことに発展してしまうこともままあるわけで。

自称エミリーのスズキエミをはじめ顔も形も性格もギラギラした女性が多いこの会社で、エリちゃんの存在は私にとって砂漠にオアシス。

ブランドで飾り立てるわけでもなく、パワーゲーム仕掛けてくるわけでもなく、えらそうに英語を振りかざすわけでもなく。

しかしエリちゃん、さすが癒《いや》し系だけあって、実は隠れたファンが多い。普段は押しの強いアメリカ男でも、エリちゃん相手だと急にその自信は粉々に砕《くだ》け散って小さなうさぎになってしまうようであるよ。

外人でイケメンな俺様！　日本の女なら誰でもすぐにオトせるぜ！　みたいなアメリカ野郎どもは、外人スキーな日本人女にやるのと同じアプローチでエリちゃんにもアタックするのであるが、たいてい大破玉砕。

贈られた花は全部受付か会議室に飾っちゃう、お菓子とかは部署の秘書チームに「××さんからいただいたから」と言いながらシェアしちゃう、電話で誘えばにっこりわらって「ごめんなさい、仕事中なので」、メールで誘えば「ごめんなさい、プライベートはいそがしいので」って、取り付くシマもない。

最初は奴らもくやしまぎれに、「他に男がいるんだ」とかささやきあっていたけれど、エリちゃんの普段の態度にそういうのが欠片もないので、さすがにそんなことを言って男下げるわけにもいかなくなり、最近エリちゃんは〝アラモ〟（西部劇にでてくるなかなか落ちなかった砦《とりで》）とも〝ナバロン要塞《ようさい》〟（映画で有名になったやっぱり落ちなかった要塞）とも呼ばれています。

「だって、仕事以外でおつきあいしたいって思う人、いないんだもん」とエリちゃんあっさり。

生まれも育ちも日本、英語は中学で初めてやって大好きになったからって、アメリカ人宣教師のところに通い詰めて英会話を習得したエリちゃんは、その後自力で奨学金とってアメリカ大学留学を果たしたつわもの。

はっきりいって、日本人がアメリカの大学の奨学金とるって、本当に大変なことなのでありますよ。

ごくごく普通の会社員だったエリちゃんのお父さんの少ない仕送りで、エリちゃんは極貧の、でもものすごく充実した日々をアメリカですごし、立派に卒業して帰国、今にいたっているわけです。

オタク人生を死守するために勉強した私とは、なんたる志《こころざし》の違い!!

そんなエリちゃんがなんで私なんかと親しくなったかっていうと、私がデスクにこっそり飾っている小さなフィギュアがきっかけ。

アニメのフィギュアを、どうせ誰にもわかるまいと、会社の唯一のなごみで飾っていたら、なにげなくやってきたエリちゃんが「あら、ハセガワさん(この時はまだそう呼ばれていた)、これって『宇宙海賊兄弟』に出てくるクレアでしょう」なんていうもんだから、私はイスから転げ落ちそうになったわけでして。

「宇宙海賊兄弟」は、知る人ぞ知る人気アニメだったんだもん。

なんてことはない、エリちゃんはオタクというほどじゃなくても、マンガやアニメは大好きで、今や私とは会社でマンガの貸し借りする仲。

そんなエリちゃんから、社内メールが。

――ノブちゃん、ハロー。

先日お借りした加来美麗《かくみれい》先生の本は最高でした。次借りるのがとっても楽しみ。

やった!!　さすがエリちゃん!!

思わずデスクで声をあげそうになったわ。

加来美麗さんは、私が古くから応援している同人作家さん。

最初は伝説とも言われている少年サッカーアニメで同人を始め、その後はオリジナルメインとなり、今やコミケでも壁外並び（列が長すぎて待ち列が外にだされる）の有名大手サークル作家さんなのであります。

もちろんジャンルはＪＵＮＥ《ジュネ》（少年愛と呼ばれる男と男のエッチ系な本、でもホモじゃない)。やおい作家さん。

男と男が愛とエッチにまみれまくってるお話を書いているのです。

加来さんが今書かれている「葵家御紋《あおいけごもん》」シリーズはすでに六作目となっていて、熱く濃いファンの多い有名作品。

プロへの呼び込みもすごかったらしいけど、加来さんは「自分の好きなものを好きなスタイルで書いていきたい」って姿勢を崩《くず》さず、今もって同人作家としてイベントと自家通販だけで本を売る作家さんなのです。

思えば私が加来さんに出会えたのもタツオのおかげ。

自分の好みジャンルでもないのに「これ、お前絶対好き」ってアメリカへの定期便にいれてきてくれたのが、加来さんの「金の杜《もり》」シリーズ三作目の『輝きの門』。

赤ん坊の時に神への供物としてささげられてしまった少年が、時間と空間を超えて存在する神の有する杜の中で、様々な人(もちろん男だけ)と会って様々な愛(もちろん男と男の熱いエッチ)を経験する話であります。

アニメ雑誌の他に、親に内緒でJUNEも定期便にいれてもらっていた私。

タツオはそのあたり、その偉大なるオタク能力でもって私の好みを見抜いていたわけでありまして、太平洋越えて私の手元に届いたその本に、私はものすごい勢いでハートを射貫かれてしまったのであります。

加来さんの美しい日本語の文章と、格調高いエロエッチ、とろけるような耽美なその世界に、私はおのれがなぜ今、この腐《くさ》れたマンハッタンにいるのかと歯軋《はぎし》りしてくやしがりました。

だって、たいていの同人作家さんは通販やってても、海外通販なんてやってないんだもん。

インフォメペーパー（作家さんの近況と在庫状況がわかるお知らせ）を見ると、「金の杜」シリーズ既刊二冊のほかに、単発ででた本が四冊もある!!

あまりの感動と興奮に、私はものすごい熱い（今思えばただ暑苦しいだけの）ファンレターを、加来さんに送ったわけであります。

あとで考えれば、アメリカくんだりから突然手紙がきて、その手紙が加来さんへの賛辞と感動と興奮にまみれ、挙句《あげく》に他の本が読みたいのに読めない、だって私ってばアメリカに連れさらわれてしまってるんだよ――な内容で、びっくりしない同人作家さんはおるまい。

心優しい加来さんは、当時昼間は普通の会社員で夜は同人作家というとんでもなく忙しい生活だったにもかかわらずこの私に丁寧なお返事をくださり、しかも本をアメリカまで自家通販してくださったのであります。

余分にこづかいなんかもらってなかった当時の私は、金持ちの友達の誕生日パーティに呼ばれて、そこで参加賞みたいにもらったティファニーの特別オーダーメイドのペンダントと、私の境遇に同情したニーナがくれた、パーティで顧客だけに配られたっていうルイ・ヴィトンのレアアイテムを買い取りしてくれる店に売っぱらい、通販資金を調達。

未成年からの物は扱えないわという店のオーナーに、「日本にいる親友が白血病になっちゃった、彼女のために今日本で寄付をつのっているのに、私ったらアメリカにいるから何もできない」って店の人たちの涙を誘い、資金調達に成功。

加来さんの本のためなら、あの時の私はなんだってやったわ。

あのさいはての摩天楼《まてんろう》の地で、加来さんの本は私の宝物でありました。

そしてあの日から今日のこの日まで、私は加来さんのファンであり続けているのであります。

日本に帰国してすぐ、加来さんは私に「よかったら会いませんか?」なんていってくださって、私はそれこそ天にも昇《のぼ》ろうかという気分、大地にキスしたい気分でありました。

そんな加来さんの作品の布教活動にいそしむ私としては、エリちゃんが加来さんの作品にはまってくれたのはもう、最高の気分。

ものすごい幸せな気分になって迎えたその日のランチタイム。

いつもはいっしょにランチのエリちゃん、今日は外で友達とランチとの連絡で、私はいつもこのフロアまでランチボックスを売りにくるフィリピーナの女の子からアボカドとシュリンプのサンドイッチを買い、自分のデスクでそれを広げました。

そして、のんびりと同人アイテム専用オークションサイトで情報なんかを見ていたら
……………なんですと――‼

加来さんの本がオークションにだされてる‼

いや、違うの‼　加来さんの昔の本‼

すでにご本人のところにも、在庫がありませんって本だよ‼

ちょっと待て‼

オークション終了時間が今日の午後一時半って何？？？

しかも現在の最高落札価格が八千円ですと‼‼

そう、同人誌ははっきりいって、世の中でいうなら限定製作本。

売り切れごめんで、しかもそうなったら未来永劫《えいごう》その本は手にはいらないのと同じ。

それに出会える機会があったのなら、それは神が与え賜《たも》うた千載一遇《せんざいいちぐう》のチャンス。

本来、同人関係はこういうオークションにはかけてはならないものなのだけれど、この

専用サイトは、厳重な会員規約によって運営されている唯一のサイト。

午後一時になったが、幸い今日、私のランチ時間はずれこんで始まってる……私の戦いは今始まったばかりだわ!!

ちきしょー、金ならあるぜ!!!!

この落札価格の桁《けた》がゼロ四つになろうとも、絶対にこれ、落としてみせる!!

社会人でよかったと思うのは、まさに札びらで顔を叩くってことが可能だってこと。

何のために今まで苦労してきたと思ってんのよー。

こういう時のために、ちびちび貯金してるんだ！

加来さんの本のためなら、この身砕け散ってもかまわない！

はっきりいうが、ヴィトンもエルメスも価値を感じないけれど、加来さんの本は、私にとっては黄金にも勝る！

加来さんご本人ですら「手元にはもうなくて……」というそのデビュー直後の本、一時を二十分すぎたところで、すでに値段は万を超えました。

そこで私、思いっきりキィを叩いて入札額インプット!!

そのお値段は一万二千円!!!!

一時二十六分になって、誰も反応せず……思わず満面に勝利の笑いをうかべそうになったその瞬間。

その値段が一万二千百円にっ!!

ちきしょー、どこのどいつか知らないが、私とタイマンはろうってかーーー!!　とその時。

「ノブ、ちょっといいかな？」と、おっとりケヴィンの呼ぶ声が。

「すみません、ちょっと今忙しい、だめ!!」

顔も見ずに答えた私にケヴィン、「あ、ごめん、じゃ、それが終わってから」と言ったけど、考えれば彼の秘書の私が彼の仕事以外で忙しいってそりゃないよね。

でもいいの。

今の私には、このオークションが人生を賭けた戦い。

がっつり二万円をエントリーしてそのままオークション終了となった瞬間、思わずデスクで「I GOT IT!!」ってガッツポーズで叫びそうになったわ。

この私に、加来さんの作品において勝とうなんて、一千万年早い。

思いっきり高揚し満足した私は、とびきりの笑顔でケヴィンの部屋にはいりました。

「ごめんなさい、ちょっとたてこんでいたので」

邪気のないケヴィンは、「あ、終わったの？　なんかうれしそうだねー」と……ごめんよ、ケヴィン。君の秘書はボスの君の言葉をうっちゃりにして、加来美麗さんのパロディやおい本の競り落としにすべてを賭けてました。

こういう時、上司がケヴィンでよかったとしみじみ。

隣の部屋のラモンはなんでも仕切りたがり屋、えらそうにしたがり屋で、秘書のヒサコさんが彼の言うがままにならないと烈火のごとく怒り出す。

時々ヒサコさんが「まったく。いつもえらそうなんだから。私はお前のメイドじゃないぞ」と愚痴っているけれど、ああいう人ってば、けっこうメイドさんにいたぶられるのが好きだったりしないか？

メイドさんコスチューム着たキュートな娘さんに、猿轡《さるぐつわ》はめられて四つんばいにされて、言葉責めプレイされちゃうとか……あ、これはタツオのところで読んだ、横狐太郎《よこぎつねたろう》さんの同人にあったネタだわ。

いかん、いかん。

ケヴィンに渡された資料を手に、ハッピーな気分で彼の部屋を出た私に、突然わが社外人狙い女子連合のエミリーが「あら、ノブコさん、なんかうれしそうね」って話しかけてきた。

ガラス越しに部屋の中を見ると、ケヴィンは慌《あわ》ててイスの陰にしゃがんで、棚とか探してるフリしてる。

貴様、そこまでエミリー、怖いか！

いつもだったら私もそこで逃げ出してしまうところなんだけれど、加来美麗さんの本のことを考えると、苦手なエミリーを前にしても笑顔でいられる。

愛って偉大だ。

2

このマンガの最終回を見るまでは死ねない

ある朝出社すると、ヒサコさんが珍しく難しい顔をして私のデスクにやってきました。

冷静沈着眉目秀麗《びもくしゅうれい》な彼女がそんな顔をするなんてよほどのことだと思ったら、「ノブちゃん、知ってた？　アサコさん、クビになるかもしれない」って、それを聞いて思わず大声を出しそうになっちゃった。

アサコさんは営業部《セールス》の秘書で、この会社では勤務歴長い、三十代後半の人。

外資金融の営業部なんて生き馬の目を抜くようなところで、きっちり穏やかにしっかり仕事をしている彼女、他の部署でも評判がよいし、実際人柄も仕事ぶりもいいらしい。

私も一度、大きなプロジェクトに関してのセミナーの仕事をホール貸し切りでやった時、いっしょにフロントデスクの仕事をしたけれど、えらそうなセールスの人々の態度にも平然と仕事こなしていた彼女の姿は、「さすが!!」って感じだったっけ。

その、みんなに覚えめでたきアサコさんが、なんでクビ????

ヒサコさん、私の驚いた様子に「アサコさんの今の上司、知ってるでしょ？」と。

知ってます、有名ですもん。

アサコさんの上司のカオリさんは、アサコさんと同じ歳くらいのスーパーセールスパーソン。

当たり爽やか、ソツのないビジネススタイルで、彼女のプレゼンはいかなる小難しいクライアントのハートも摑《つか》むといわれるほど。

容姿も、美人というわけではないんだけれど、でも華やかな雰囲気で魅力たっぷり。ブランドにこだわった感じじゃないんだが、プレゼンするためにってネイルのお手入れは欠かさず、クライアントの雰囲気にあわせてアクセサリーまで替える演出。

なんともいえない個性派な人。

その成績は他の男性社員をおしのけ、常にトップ5に名を連ねているわけで、その年収はもう計り知れないとも言われており、当然アメリカ本社のエグゼクティブな人々にも、ウケはいい。

でも、アサコさんのクビになるって話が、どうカオリさんとつながなるの？

ヒサコさん、ふかぁいため息をつき、「ゆうべ、アサコさんから直接話を聞いたんだけどね」と。

つまりはこういうこと。

カオリさんという人は、目から鼻に抜けるように要領がいい人だそうでありまして。

まぁ、これは営業やってるうえではポジティブなことなんだけど。

これが、彼女といっしょに仕事をする人間にとっては、実は最悪な人になりうるということらしい。

例えば、彼女個人に不都合なことがあったり、あるいは彼女の思う通りにならなかったり、もしくは彼女の思惑通りに相手が動かなかった場合、それは彼女にとってすべからく〝相手が悪い〟ってことになるそうで。

彼女はそのいたって個人的判断に基づいた意見や現状を、「××さんは仕事をしません」とか「仕事を怠《おこた》っています」とか「××さんのミスでこの仕事はだめになりました」とか、上司や本社のエグゼクティブにレポートしちゃうんだそうであるよ。

例えば、自分で作らなければならない書類を他人にまわして、それを相手が拒否したら「お仕事する気ないんですね」とか、いきなり当日朝「今日の××社でプレゼンしてもらえますよね」とか言ってきて、「そんな突然無理です」って言うと「能力ありません」とか、速攻アメリカ本国の上層部にレポしちゃう。

どひゃー。

公《おおやけ》にはなっていないけれど、それをやられた結果会社を去ることになった人は実際何人かいたそうで、でもなぜそれが問題にならないかっていうと、そこはやっぱり彼女の成績の大きさがものを言ってるのは事実。

ある意味その魅力的なキャラでもって、エグゼクティブを上手《うま》く摑んでるってのもある。

そして何よりも、彼女自身が天然に悪気なく、本当にそう思ってやってるってとこが一番最悪な部分らしい。

意地悪とかじゃないから、対抗しようがないってそこが問題。

実はアサコさんの前任者の秘書もその被害にあって結局自分から辞めていったんだそうなんだが、事情を知る関係者は、アサコさんに一縷《いちる》の望みをかけて彼女をカオリさんの下につけたって裏事情があるとのこと。

つまりは、カオリさんのその強烈な個性とやり方に対応できうる人材と見込まれたってことなんだそうだけど。

「でもね、一年もたたないうちにアサコさん、本社からイエローカード出されちゃっていたんだって」とヒサコさん。

……さすがにこれを聞いた一瞬、私の血の気もひきましたよ。

イエローカードっていったら、もうそれは「お前、全然仕事してないじゃん！　ただの給料泥棒でいるなら、会社クビだぞ!!」って警告だもの。

「イエローカード出されるなんて、そうめったにあることじゃないでしょ？　しかも、アサコさんはちゃんとお仕事する人で、今までついていた人たちからの評価もよかったのよ。けれどカオリさん、自分に都合の悪いことは全部アサコさんの失敗、アサコさんがやらない、アサコさんの能力不足ってしてたらしいの。そして結局、私たちがよく言ってるあれにつながっちゃうわけで……」

苦い顔をしてヒサコさんの言うあれって……そう、ここはただの東洋の植民地だって、私たちがよく言ってるその話を指しているのはすぐにわかりましたよ。

何はどうあれ、結局はアメリカにある本社は遠いし、日本にいる外国人エグゼクティブにとっても、いっとき滞在してお金稼ぐだけの場所なわけです、ここは。

だから、自分に都合のよいところだけで関わっていたいってのは普通によくある。

なので、明らかに非常識とかあるいは無体なこととか、ハラスメントとしか思えないようなことでも、本国に見えなければいいし、本国でも見ないでいいってなりがち。

おいしいとこだけ吸い上げて、「あとはそちらでよきにはからえ」ってなっちゃう。

それがひどくなると、先様にいい顔しているだけのとんでもない奴らがはびこる結果になるんだが……今回のはまさにそれって感じ。

そして今回、アサコさんにとってさらに不幸だったのは、カオリさんの上司の日本人男性がことなかれ主義で、そんな状態を放置したってとこ。

もともと仕事に関して非のなかったアサコさん、不当に出されたイエローカードにどうにも対応しきれないまま一ヶ月解除されないでいたら、当然本社から「働かない評判の悪い社員はクビ」って言ってきちゃった。

そんな形で解雇になれば、日本オフィス側で用意されてる退職金ももちろんでないし、経歴にだってものすごい傷がつく。

あんぐりびっくりな私にヒサコさん、「もう私たちで相談にのれるってレベルじゃないでしょう？　だから、ラモンに直接話すように言ったのよ」と……そうだ、ラモンはコンプライアンスグループのメンバーのひとりだったんだ。

アサコさんの身に起こったことが、一般的なコンプライアンスに該当するかはともかく、人事もアテにならないとなった今、おのれの権利と正義を守るためにはそういう手段もありでしょう。

「ラモンは難しい人だけど、ものすごい正義漢なところがある人だから、ちゃんと相談にのってあげると思うのよね。信頼できるし」とヒサコさん。

さすが、ラモンの秘書を二年もやってるだけある。

私にはただのえらそうなおっさんだが、言われてみれば他人にうるさい分、自分にも厳しい人だし、無理難題ふっかけて悦《えつ》に入るような馬鹿でもない。我々のような秘書の立場って、そりゃとんでもなく弱いわけで、ましてや相手は日本オフィスでトップクラスの売上を誇るセールスパーソン。ある意味、社内では無敵の存在だもの。だからといって、そんな不当なことが許されていいわけもなく、いわれもないことで会社クビなんて、とんでもない。

「で、ラモンはどうしたの？」と聞いた私にヒサコさん、「とりあえず、まかせておけってことだったみたい」と。

……ラモン、男だ。

そしたらその日の夕方、エリちゃんから連絡があり、やっぱりその話。なんだよ、全然マル秘事項《コンフィデンシャル》じゃないじゃんと思っていたら、もう、そういう次元の話じゃないらしい。

「事実上はコンフィデンシャルなのよ。営業部《セールス》でも、ほとんどの人はまだ知らないから。ヒサコさん、ノブちゃんに話してるでしょう？　それはね、秘書チームで、アサコさんと仕事したことのある人から、リファレンス取るための布石だから」と……つまりは、アサコさんの仕事ぶりを、まっとうにレポートすることがまず大事ってこと。

そういえば、オーレだってセールスじゃん。

彼だって何か知ってるんじゃないか？

「知ってるってよりは、この件にはかなりな部分で関わってるみたいだけど、そこはあの人、ものすごいしっかりしてるから、私ごときにはいっさい漏らしたりしないのよね」と エリちゃん。

あの男も、仕事関係ではかなりしっかりしてるからなぁ。

感心している私にエリちゃん、唐突に別の話を投げかけてきました。

「カオリさんね、別のところでも実は問題になってるのよ」

なんと彼女、アメリカ本社の人事に「自分はセクシャルハラスメントを受けてる」と直訴したんだそうだ。

「全然関係ない話だよね、それとアサコさんの件って」と言う私に、「関係はないけど、タイミングとしてはすごいと思うのよね、しかもやり方もすごいのよ」とエリちゃん。

なんとカオリさん、自分がセクハラされてるって話をまず、秘書チームのエリちゃんにしてきたんだそうであるよ。

その話とは、いわく「同じセールスのカタオカさん（男）が、とんでもない女性蔑視《べっし》で、自分のセールスの足をひっぱってる」ってものらしい。

カタオカさんは最近別の投資顧問の会社から移って来たばかりの人だけど、確かに今時めずらしいほどの男かたぎな人ではある。

タイトルとしてはカオリさんよりは上なんだけど、まだうちの会社では新人だし、カオリさんといっしょに仕事することも多かったらしいけど……またなんでそんな話になってるんだ？

しかもさ、それってセクシャルハラスメント《性的嫌がらせ》というよりは、セクシズム《性差別》と言うほうが正しいんじゃないか？

そう言った私にエリちゃん、「でもね、セクシャルハラスメントって言ったほうが、効果的でしょ？」……って、その時初めて私はカオリさんって人の恐ろしさがわかったような気がした。

つまりはカオリさんは、カタオカさんの存在が煙《けむ》たいから排除したいって、ただそれだけってこと？

セックス強制されましたとか、身体触られましたって言っちゃったら、そりゃ虚言になるわけだが、女だからって差別されて営業妨害されたってことを〝セクシャルハラスメント〟として捉《とら》えて報告することで、自分に都合よくことを進ませるって意図があるし、弱者として立場を確立することができる。ましてやアメリカの会社の人事にとって、〝セクシャルハラスメント〟って単語はものすごいインパクトと影響力がある……そこまで計算してやってるってことなのか？

うへー。

「実はね、日本のある会社の営業部長が、接待の席でカオリさんに本当にセクハラまがいのことをしたのよ。それでカオリさん、その会社の契約関係すべて、ていよくカタオカさんにまわしたっていきさつがあるの。ところがその折、カオリさんがいつものやり方で、うまいおいしいところだけ自分が摑んでおけるようにいろいろ立ち回ったんで、カタオカさんがキレちゃったのよね。で、彼、正攻法に、営業会議の席上でそれをぶちまけちゃったわけ。たまたまその席で私、議事録とってたから全部聞いちゃったんだけど。彼女のそういう部分に関しては、みんなあえて触れてなかったのに、カタオカさんのその発言でひっくりかえっちゃったのよね。カオリさんとしてはアサコさんの一件もあるから、なんとか自分の立場を守りたいってそういうのが今すごいみたいなのよ」

ヒサコさんやエリちゃんの話に驚くばかりの私だったけど、そもそもカオリさんがなぜそこまで面倒くさいことをわざわざしなければならないのか、私にはさっぱりわからない。

普通にがんばって仕事すりゃいいじゃん。

なぜ、わざわざ人様まきこんでそこまでしなければならないんだろう。なぜ、自分はまったく悪くないってしなければならないんだろう。

いろいろ考えてはみたものの、所詮は対岸の火事と思っていたら、そうは問屋がおろさなかった。

朝、突然私のデスクにカオリさん本人がやってきて、あの魅力的な笑顔で「ノブコさん、今日よかったらランチごいっしょしない？」なんて言う……カオリさんが去った後、ヒサコさんが「やっぱり来たわね」と意味深長かつわけわからんこと言うので、どういうこと？　と聞くと、「彼女は今、自分にとって都合よく味方になる人を探しているから」と……都合よく味方になるって相手に、なぜ私がはいるのかさっぱりわからないんだけど、断ることもままならず、ちょっとばかりの好奇心もあって、私はその日のランチをカオリさんとすることになりました。

完全な戦闘服（スーツ姿）で笑顔のカオリさん、おとなしく後についていく私を背中に、なんとそのまま会社近くの豪華一流ホテルにはいっていっちゃった!!

ちょっと待て!!

ここでランチなのかよ!!

どう少なく見積もっても、三千円以下にはならないぞ!!

無言のままあせりまくる私をカオリさん爽やかに無視ぶっこいて、そのまま三階にあるフレンチへとつれていっちゃいました……ああ……三千円もあったら、アニメのサントラCDが買えるのに……。

テーブルにつくとカオリさん、「私、前からノブコさんとは一度、ゆっくりお話ししてみたかったの」と、これまた魅力的に私に笑いかけてきたわけで。

「ノブコさんって、外国でずっと育ったっていうじゃない？　私ってこんなだから、日本人の女性とはなかなか友達になれなくて、やっぱりそういう人たちからやっかみとか妬《ねた》みとか、あるみたいなのよね。でも、ノブコさんはお父様も商社マンっていうし、日本のそういうベタなところと関係なく育ってらっしゃるから、お友達になれるんじゃないかななんて、ずっと思っていたの」

うふ……なぁんて笑ってるカオリさんみて、私は素直に「うまいなぁ」なんて思ってましたよ。

「私ね、今とっても困った立場におかれてしまって……相談したくても、身近に心開いて相談できるお友達な方っていなくてちょっとつらかったの。ノブコさんのこと、ずっと心のどこかにあったから、ちょうどいい機会と思ってお誘いしちゃったのよ。突然でごめんなさいね」

その後カオリさんは、自分がいかにセクハラに困っているか、カタオカさんの女性差別がいかに大変な状態か、そのためにどれほど迷惑をこうむってるかを、まさに立て板に水を流すがごとく語りまくりました。

その語り口は、さすがトップ5のセールスパーソン！ってほど。

そしてそれはヒサコさんやエリちゃんが話していたことって本当は違うの？って、そう思えてしまいそうになるほど、よくできた話だったわけで……そしたら彼女、突然矛先《ほこさき》を変えてきてびっくり。

「ノブコさんも、スズキさんたちとかに、いろいろ大変な思いなさってるでしょ？」

スズキさんたちって、それ、エミリーたち、外人男大好き連合のことだよね？

「本当、ああいう人たちってくだらないし困るわよね。時々、彼女たちがノブコさんのことを話しているのを聞くけれど、なんでそんな悪い噂ふれ回ってるのかしらと思っていたの。ノブコさんも私と同じ立場なのねって思ったりしてたのよ」

ああ、この人はこうやって攻める人なんだと、さすがの私もここで気づいちゃった。

エミリーは馬鹿で愚かでアホだが、だからこそ、陰でその種の策を弄《ろう》したりなんかしない。

エミリーのこと、好きじゃないけれど、意地悪な人ではないことは知ってる。

だから、カオリさんが言う、エミリーが私について悪い噂触れ回るなんて、ない。

カオリさんは明らかに私の共感を得ようとしていて、そのうえでさりげなく嘘《うそ》を盛り込んでいる。

いや、彼女の話はどこまでも彼女に都合よくできていて、しかもその話はたぶん、相手が違えば微妙に変化していくものなんだろうと容易に想像つくようなもの。

どこまでが本当でどこまでがそうじゃないのか、この人の話はわからない……私はカオリさんの笑顔を見ながら、ちょっと寒気がしました。

ランチ代は結局カオリさんが払い、それぞれのデスクに戻る時に「また、ノブコさんとはごいっしょしたいわ」ってあの笑顔をうかべていた彼女だけど、結局それはないまま終わることになりました。

なんとそれから二週間後、ラモンやオーレが動くまでもなく、カタオカさんやアサコさんのことも表に出ないまま、カオリさんは突然会社を辞めたから。

あまりにも唐突だったのでびっくりしている周囲をそのままに、カオリさんは別の大手有名投資顧問会社へと移っていっちゃった。

その後、ヒサコさんのはからいでアサコさんを囲んで夕食会……というよりは、アサコさんの愚痴を聞いてあげる会に参加したエリちゃんと私。

いつもは感情の欠片も表に出さないアサコさんが、涙を浮かべて語るその内容に驚くばかり。

カオリさん、整理が著《いちじる》しく悪い人だったらしく、重要な書類がひっちゃかめっちゃかになっていたそうで、どこかにまぎれちゃった契約書とかもアサコさんがなくしたことになってて、おのれでやらなければならない仕事も、「こんな煩雑《はんざつ》なことは秘書の方のお仕事でしょ」ってアサコさんにまわしていたらしい。

「ノブちゃん、驚かないで。なんとね、契約書作成までアサコさんにまわしてきて、まとまらない契約の折衝《せっしょう》も、彼女にさせていたんだって」

……びっくりしすぎて、言葉がぶっとんじゃったよ。

それって、うんちしてケツ拭《ふ》いてないのと同じじゃん。

ってかさ、インセンティブ（成功報酬）もらうんだから、最後まできっちり仕事しろよと言いたい。

「私は何も悪くないのに」って、カオリさんの場合はそれが天然なんだろうなぁという感じだけど、そんなことで許されるものではないわけで。

ヒサコさんが「友達絶対いないよね」というとアサコさん、「友達いるけど、全部外国人だったわよ。英語が堪能だし、相手はずっと日本にいる人じゃないでしょ？　だから都合いいところだけ、いい友達でいられるのよ」と……そりゃ友達って言わないよ。

そしたらエリちゃん、ふと言いました。

「私さぁ、彼女、本当にノブちゃんとだけは友達になれるって思ってたんじゃないかと思うのよ」

「えーーーー！　そんな馬鹿なぁ!!　私と友達になったって、彼女の大好きなおいしいことなんて何もないよ」

「でもさ、個人的に食事誘ったりしたのは、彼女、ノブちゃんだけなんだよね。他にもいろいろちょっかいだしたり懐柔しようとしたりしてたけど、ふたりっきりってのはノブちゃんだけなんだよ。私の思うには、彼女は本当に心から、自分がほかの女性とうまくいかないのは自分が日本人にはない性格で、認められないタイプだからって思ってたんじゃないかな。だから、外国育ちのノブちゃんならわかってもらえるって思ったような気がするんだよね」

「ちょっと待ってよ。私そりゃ、アメリカで育ったけどさ。だからって、普通に日本人だよ」

そしたら今度はヒサコさん。

「だから、もうそこからなのよ。ちゃんと真実を見てないでしょ？　彼女は自分が日本人離れしてるから、だからそれが人から何かをされる原因って思ってる。自分は悪くない、自分に間違いはない、自分は正しいって本気で思っているんでしょう？　そしたら、何か不都合が起こった時、全部周囲や他人のせいになるのは当然だもの。何も自分に反省も進歩もないわよね。きっと、また新しい会社でも同じことが起こるでしょうね」

涙を拭きながらアサコさん、「なんか彼女、私のことが問題にあがった頃から、いろいろエージェントに連絡とってたらしいの。前に同じことが原因で辞めた人たちが、本社の人事にしっかりレポート残していたんですって。さすがにもう本社でもおかしいって、内密にいろいろ調査していたらしいけど……なにしろあの人、成績はよかったでしょう？　だから、会社から査問される前に去ってしまえって感じだったらしいのよね。私ももうこんなところいられないって思って、もう上には辞めますって伝えてあったんだけど、カタオカさんから個人的に呼ばれて、迷惑こうむった僕たちが何かする必要はないよって言われて……」

カタオカさん、冷静だなぁ。

感心してたらアサコさん、「そうだ、ノブちゃん。カオリさんとランチ、ホテルのエルリスカにいったでしょう?」と……その名前を聞いて、ヒサコさんとエリちゃん「すごい豪華なランチとったんだねー」とびっくりしていると、さらにアサコさん、「ノブちゃん知らないだろうけど、あれ、カオリさん経費につけたのよ」……。

なんですと!!

だってあれ、プライベートだよ!! そんなことされるくらいなら、私自分で払ったよ。

「カオリさん、プライベートのランチやディナー、よく経費につけてたのよ。あの時もノブちゃんの名前出して、〃うちあわせ〃ってしてたから、私すぐにわかっちゃった。カタオカさん、彼女のそういうところもすごく嫌っていたのよね」

私、本気で力抜けたわ、その話聞いて。

しかし帰り道、途中まで電車がいっしょだったヒサコさんから聞いた話は、さらにとんでもないものでありました。

「もし、アサコさんの件だけだったら、恐らく辞めるのはアサコさんのほうだったと思うのよね。でもカオリさん、カタオカさん相手にセクハラって騒いでしまったでしょ? これってアメリカの会社にとってはとってもシビアな問題で、調査がはいっていたのよね。で、セクハラなんて実はなくて、それはセクシズムだったってわかって、カオリさんのいろんな部分がいきなり表に出て、大きな問題になっちゃったの。だってそれって、明らかに嘘だし、中傷でしょう？　結局はカオリさんは自分で自分のクビを絞めたわけだけど、このあたり、アサコさんにはあまりにもむごすぎて言えないわ」

なんていうか、他人にそこまでのことをして、自分にとって都合のいい状況を作りたいって、どういう意識なんだろうか？

私にはわからない人種としか言えないけれど、でももし自分がアサコさんの立場だったら……そう思うと、ちょっとぞっとする。

ヒサコさんもきっとそう思ったに違いない。

3

コミケとは、戦場だ。我々は最前線へと赴《おもむ》く兵士なのだ

いよいよコミケ、夏の合戦。

猛暑きわまる日本の夏に、揮発《きはつ》した人々の汗で天井にコミケ雲がかかるのすら、愛しく感じる三日間。

熱中症対策万全な歴戦の勇者たちと、再び相まみえるのかと思うと、胸熱《ムネアツ》。

もちろんサークルチェックも万全で、宝の地図三日分も作成済み。

私の今回の決戦は、初日の少年マンガジャンルで、今超ブレイク中のバスケマンガ「青空青高」と三日目のＪＵＮＥジャンル。

我が愛しの加来美麗さんのサークルに朝一で猛攻をかけるのです。

そして今回、北海道に住むオタク仲間のアケミちゃんが、夏休みコミケのために上京してくることに。

アケミちゃんは札幌《さっぽろ》で普通にＯＬして、普通に熱くオタクしている女の子で、私がアメリカにいた頃からのメール友達。

その頃はやったアニメの掲示板で知り合い、以後、ずーっとやり取りを続け、私が帰国してからは直接会って仲良しになった人。

札幌の彼女のおうちにおよばれして、毛蟹《けがに》とほっけとウニで歓待された時は、本気でうれし泣きだった私。

そして今回、ついにアケミちゃんのコミケデビューを、この私がお手伝いすることに相成ったわけで。

会社帰り、品川《しながわ》駅構内に向かった私。改札近くの待ち合わせ場所に、相変わらずショートカットヘアのキュートなアケミちゃんの姿を発見して思わず手を振ったら。

あれ？　アケミちゃん、なんか泣きそうな顔してないか？

近くまで行って驚いた。

アケミちゃんの横に立つ、力士時代の小錦《こにしき》級に横幅ひろい女の人。

なんでか知らんが、近づいた私を見て、ものすごくうれしそうに笑ってる。

不審そうに彼女を見る私にアケミちゃん、蚊《か》の泣くような声で「ノ、ノブさん……あの、あの」と……突然その関取女がものすんごいでかい声でまくしたて。

「ナラハラさんと札幌から飛行機でいっしょになったんですよぉー。でぇ、偶然隣同士の席になって、友達になってぇー。ナラハラさん、コミケ行くっていうしぃー、東京に泊まるって私と同じじゃないですかぁー。だったら私もハセガワさんちにいっしょに泊めてもらおうってことになったんですよぉー」

その言葉にもうそりゃびっくりして、目んたまむいてアケミちゃん見たら、アケミちゃんは目に涙いっぱいためて思いっきり「違います!!」って顔をしている。

私は瞬時に、この関取女がオタク界で言われるいわゆる〝厨房〟それも〝押しかけ厨〟ってやつだとわかりました。

伊達《だて》にオタク何十年もやってないぞ。

この関取女が、偶然席がいっしょになったアケミちゃんをロックオンして、コミケ最中に彼女に便乗して、ていよく私の家にお泊まりする気だとすぐにわかった。

最近のオタク世界、イベントまわりにこういうのがいるってことはタツオからさんざん聞かされてたけど、実際に自分の前に出現してくるとは思いもよらなかった。

現実に実物が目の前に現れると、ちょっとビビるもんなんだな。

そんな私を見ながらにこにこ笑って「行きますかぁー?」なんて荷物持った関取女、思わず私、言っちゃいました。

「私、あなたのこと知らないし、泊める気ないですから」

そしたら関取、「えー、別に気にしなくていいですよぉー。迷惑かけないしぃー。いいじゃないですか、いっしょにコミケ行けば」だと。

押しかけ厨と呼ばれるこの種の人間には、言語も常識も通用しないんだとタツオに聞いておいてよかった。

「アケミちゃん!!　行くわよ!!」

私はアケミちゃんの荷物を持ち、アケミちゃんの腕を取ると、びっくりする彼女をひきずるようにしてダッシュかけました。

もちろん、関取は置き去りだ。

北海道からでてきたばかりの人間に、再開発区域指定でいろいろ入り組んだ品川駅構内はわかるまい。

京浜東北線《けいひんとうほく》のホームにとりあえず下りた私たち、荷物持ったまま追いかけてくる関取を確認して、帰宅ラッシュの人ごみの中に紛れ込み、そのまま別の階段からまた上に上がって、レストラン街の中にある本屋さんへ。

「ノブさん、ごめんなさい、本当にごめんなさい。まさかこんなことになるなんて……私どうしたらいいか、わからなくて……」

本気で泣きそうなアケミちゃん、君には罪はないよ。

とりあえず、スマホでタツオに電話をいれた私、タツオの言葉に戦慄《せんりつ》しました。

「ノブコ、それは確実に襲撃《しゅうげき》だ。お前の住所がすでに割れてる可能性があるぞ。アケミちゃんに荷物の中を確認をしてもらえ」

なんですと――!!!!

「アケミちゃん、荷物確認して。なんか盗《と》られたもののない？　住所とか割れてる可能性があるって」

すでに真っ青な顔をさらに青くしたアケミちゃん、本屋さんの片隅で、ボストンバッグをあけて中をいろいろ探っていたら……「ノブさん……どうしよう……」と悲痛な声。

「どした？」とやっぱり蒼白な私が声をかけると、「何かの時のためにってプリントアウトしておいた、ノブさんの住所と電話番号が書いてある紙がない……」

やられた。

奴はすでに、私のマンションに向かっているに違いない。

それを告げるとタツオ、しばし考えた後、「今からそっちに兵隊を送る。いいか、相手は一人じゃないかもしれないぞ。兵隊がそこに行くまでとにかく待ってろ。お前のマンションは、幸いセキュリティがしっかりしているから、番号がなければとりあえず入り口から奥ははいれまい。あとは兵隊がわかるから、彼らの指示に従って動け。わかったな」

そして、その兵隊とやらが来るまで、私とアケミちゃんは品川駅のドーナツ屋さんでドーナツを食べながら彼らを待ったわけでありますが、アケミちゃん、「ごめんなさい、ごめんなさい」ととにかく涙をこぼして謝り続け……いや、この光景、すごくまずいよ、アケミちゃん。みんなが不審そうに見てるよ、我々がやばい人になってるよ。

あせりまくりの私の前で、ほろほろと涙をこぼすアケミちゃん……いや、君が悪いわけじゃないから。

そして、しばらくしてやってきたのは、これまた縦も横もでかい、ナップザックにキャラキーホルダーを山ほど下げたメガネの男と、小柄で長髪を後ろに束ねた男の二人組。

怪しい。

十二分に怪しい。

「ハセガワさんですね？」と確認されたのですが、私ってば、なんか彼らのあまりにもオタクちっくなルックスにびっくりして、何もいえないままうなずくだけになってしまった。なんていうか、ここまでオタクテイストな格好した男子は、最近ではもうさすがにめったに見かけなかったわけで。

そうしたら、小柄なほうの男性が、丁寧に自己紹介してくれました。

「どうも、僕はスギムラで、こっちがクニタチです。ハセガワさんから緊急指令もらってかけつけました。僕らはハセガワさんとはネットで知り合って、時々仕事もまわしてもらってるって間柄なんですよ。ノブコさんの知り合いでは、こういうのに対処できる人がいないってことだったんで、僕らが来ました。あとからもうひとり、アサヌマってのが来る予定です」

「あ、あなたがスギムラ君…………」

スギムラ君とクニタチ君、名前だけはタツオの会話によく出てきていた人たち。

会うのは初めてなんだが、スギムラ君、君の着ているTシャツは思いっきりエロゲーのおねーちゃんキャラだけど……でも、今の君はまさに正義の味方に見えるよ。

アケミちゃん、スギムラ君とクニタチ君にやっぱり「ごめんなさい、ごめんなさい」って謝り続けていて……あああ、周囲の視線が痛い。

スギムラ君、タツオに電話をいれて無事私たちと合流したと告げると、爽やかな笑顔で「じゃ、行きましょうか」と言いました。

えー、あの関取が待ち伏せしてるんじゃないの？　と思ったら、「帰らないわけにはいかないでしょ？」とまたしても爽やかな笑顔のスギムラ君。

私は実感しましたよ。

顔のいいのがいい男じゃない。

ここぞって時に頼りになるのが、真のいい男だ。

このスギムラ君の笑顔とクニタチ君の動じない態度に、私とアケミちゃんは「一生ついていきます!!」ってな気持ちになったことは言うまでもない。

いや、本気《マジ》で。

クニタチ君、何も言わずにアケミちゃんの荷物を持つと、あたりに注意をくばりながら歩き出し、我々三人はその後ろをそのままついていく形で私のマンションへと向かいました。

そして、入り口の自動ドアが見えるところで、固まりましたよ、私。

……………いる……しかも……。

「さ　さんにんいるよ?」

自分の声が裏返っちゃったことに気づいたけど、声が震《ふる》えちゃったのもわかったけど、でももうそれっくらい驚いたんだもん。

三人いるんだもん、本当に。

関取のほかに、ゴスロリの格好した背のたかい子と、腰まで伸びた長い髪が異様な、すごい地味な感じの女の子。

三人同じなのは、キャラグッズがいっぱいついてるキャリーバッグをひいてるところ。

スギムラ君、まだ相手が気づいていない距離で立ち止まり、まずタツオに電話した模様。

「増殖してます。三人です。入り口でたむろってますね。……了解」

スギムラ君、事態に動ずることもなく、私に聞いてきました。

「ノブコさんのマンションって、二十四時間管理なんだそうですね。管理人さんとかいるんですか？」

「います、います。警備会社とも契約してます」と答えた私に、スギムラ君、「管理人さ管理人さんの連絡先がわかるんだったら、ちょっと電話してもらえますか？」と。

私がスマホで管理人さんに電話をかけると、スギムラ君、代わってくれと言い、管理人さんと話し出しました。

「僕はスギムラと申します。ハセガワさんの会社関係の者ですが。ええ、そうです、入り口でたむろしている女の子たちです。あ、そうなんですか。やっぱり……僕ら、ハセガワさんたちの身の危険がありそうなのでついてきたんですが。ええ。……じゃあ、今から警察に電話いれますんで、ご協力お願いします」

スマホを私に戻したスギムラ君、「あの人たち、他の住人が入り口あけた時に、友達のところに泊まることになってるからって中に無理やりはいろうとして、ひと悶着《もんちゃく》すでに起こしてるそうですよ」……って、その言葉に私までアケミちゃんといっしょに蒼白になっちゃったよ。

クニタチ君、そこでぼそりと「警察呼ぶか?」と……スギムラ君、彼にうなずき、クニタチ君が警察に電話している間に、私とアケミちゃんにいろいろ説明を始めました。

「いいですか? 奴らは理論や常識が通じる相手ではないので、絶対にまともに受け答えしないでください。警察は事件が起こらなければ動けませんが、彼女たちはすでに不法侵入しようとしたって証拠があって、管理人さんがちゃんと証言してくれますから、警察につれていってもらえます。どんなことが起こっても、絶対に仏心出さないでください。あと、絶対に何があっても、近づかないように。暴力行為に及んでくることもよくあるんで。どんなに異常なことが起こっても、絶対に動じないこと。僕らがちゃんと対処しますから」

……どんなに異常なことが起こってもって、何が起こるの? ねぇ、スギムラ君?

すでに涙目になっている私にクニタチ君が、「大丈夫ですよ。俺ら、こういうのは慣れてますから」と一言……ああ、なぜに、彼のこの一言で、私はここまで安堵《あんど》してしまうのであろうか。

しばしそのままそこに動かずにいると、遠くからサイレンを消したままやってきたパトカーの姿が……なぜ、音を消しているんだろうと思ったら、なんとあの三人がそれで一時退避しないようにと、クニタチ君が通報時に警察に言ったんだそうであります。

すげぇな、君たちプロだ。

マンションの入り口から少し離れたところで止まったパトカー、そしたらクニタチ君のスマホが鳴り、スギムラ君が「じゃ、行きましょうか」と……え？　行くの？

横を見ると、アケミちゃんが冗談じゃなく、がくがくと震えている……大丈夫？　と私が声をかけると、「ノブさん……飛行機の中で、ほんとに怖かったんです、私……だって、全然言葉、通じないんですよ。挨拶して、お互いにコミケ行くってわかった途端、あの人わけわからないこと言い出して、ずっと彼女の萌え話聞かされて、しかもいつのまにか私とあの人が大親友になってて、そしてみんなでノブさんのところに泊まって明日のコミケに行くって話になってたんです……私、あんな怖かったの、初めてなんですよ……」と、小声でつぶやいた。

それを聞いていたクニタチ君、「大丈夫だよ、何かしてきたら、俺らが盾《たて》になるから。そのために呼ばれたんだし」と野太い声でアケミちゃんに言いました……私の人生はじまって以来、こんなすごい言葉を自然に言った男はクニタチ、お前が初めてだぞ。しかもなんでか知らんが、ものすごい説得力だぞ。

オタク丸出しの男ふたりを引き連れた私とアケミちゃんがマンションの入り口の光に照らし出されると、関取女がものすごい悲鳴をあげました。

「きゃあああ、ノブコさん、アケミさん、待ってたんですよおー、みんなー、この人がお友達のノブコさんとアケミさんだよ――」

ひらめのような顔をしたゴスロリと、やたら暗くて地味オーラが炸裂している女のふたりが、それを聞いてこれまた「きゃあああ、よろしく――!!」なんて叫びやがりました。

よろしくじゃねぇよ……と、悲しくも心の中だけで毒づく私でありましたが、ふと横を見ると、ものすごく冷静なスギムラ君とクニタチ君のふたり。

「そっちの人たちも、今日はノブコさんとこにお泊まりなんですかぁ?」と、関取が小首かしげて聞いてきやがったので、私、「〝も〟って何ですか、〝も〟って。私、あなたたちなんか知りませんよ」と思わず叫びました。

そしたら三人、うっそーとか、ひどいーとか、ぎゃーぎゃー騒ぎ出し。

「ひどいじゃないですか。友達なら、泊めてくれて当然ですよね? エリスちゃんもマミちゃんも、ノブコさんを頼りにしてきてるのに……私が紹介した手前もあるんですから、いまさらそんなこと言わないでください、無責任じゃないですか」

関取、お前のその理屈はどっからでたんだよ!! と思わず蹴り上げそうになった私、いきなり背後からがしっと肩をでかい手でつかまれました。

見ると、それは熊手のようなクニタチ君の手。

「こちらの彼女のバッグを勝手にあけて、中にあった書類を盗んだだろう」

身長190センチくらいありそうで、しかも熊みたいにデカイ男から、ドスのきいた声でこんなことを突然言われたら、普通の婦女子はビビるわけですが……この人たちは婦女子は婦女子でも、腐ったほうの腐女子でありました。

しかもただの腐女子じゃない。

筋金入りの押しかけ厨だ。

「だって、場所がわからないし、友達なんだからいいじゃない。それよりあなたたちのほうが関係ないでしょ」

またしても関取の意味不明な言い訳に、今度はスギムラ君が静かに言い放ちました。

「とにかく、ハセガワさんもナラハラさんも、君たちのことは知らないし、関係ない。今日泊めるとも言っていないし、泊めるつもりもないよ」

それを聞いた関取、ものすごい目でアケミちゃんをにらみつけました。

「じゃあ私たちにどこに行けっていうのよ。もう十一時近いのよ。ここ以外、どこにも行くところないんだから」

「知ったことじゃねぇよ！　このウスラ馬鹿‼　勝手に人のもん盗みやがって、挙句《あげく》に泊めろだと？　幼稚園から常識、学びなおして来い!!」と言いたかった私ですが、スギムラ君の言いつけに従って我慢いたしました。

「アリサちゃんの友達だっていうから、せっかく来てあげたのに、ひどい人ね」

「いいじゃない。どうせ明日いっしょにコミケ行くんだし、どうってことないでしょう？」

ゴスロリのエリスと地味なマミが、今度は声をそろえて大声で我々に言い出したその時。

管理人さんがおまわりさんといっしょに中から出てきました。

おまわりさんの姿を見た三人は一瞬固まりましたが、かえって大声で「友達なのにひどーい」とか「なんで警察とか呼ぶわけー」とかなんとか叫び出し……ああ、神様、この人たちって何なの？

おまわりさんに向かってスギムラ君が「とにかく、我々もハセガワさんもまったく知らない人たちです。飛行機でこちらのナラハラさんの隣になって、その後、彼女の荷物を勝手にあけて、ここの住所を探りだしてます」と言うと、管理人さんが「中にはいろうとした他の住人の方にまぎれて、何度かはいろうとして、もみ合いになってるんで、私もセキュリティ会社と警察に電話したところだったんですよ」と。

よかった……、セキュリティのちゃんとしたマンションに住んでいて。
ごみだしとかちゃんとして、近所のみなさんとか管理人さんとかに迷惑かけないように
していた日頃の行いが、今ここに燦然《さんぜん》と輝いてる。
結局、おまわりさんがその三人をとりあえず署まで連れて行くってことになり、ほっと
した私、彼らに背を向けてそのまま中にはいろうとした瞬間、後ろから咆哮《ほうこう》がして、がつ
んと何かが私に当たり、その勢いで私ってば前に吹っ飛んでしまいました……「ノブさ
ん!!」「ハセガワさん!!」と、アケミちゃんと管理人さんの叫びが……い……痛い。
いったい私に何が起こったの？
ものすごい痛みに我に返ると、倒れた私の横に転がるキャリーバッグ……これは関取が
ひっぱってたものじゃないですか？
ちょっと待て!!
アリサ、あの位置からこれを私めがけて投げたんかい!!
そう思った瞬間、「ぎゃあああああっ」と雄たけびがして、私にぶつかってきた厚い肉
の塊《かたまり》……「ぎゃああああああ」って、気づいたら私も叫んでしまった。
重いいいいい、神様助けて!!って思った瞬間、おまわりさんふたりとクニタチ君に
羽交《はが》い締めにされたまま、私から引き離されるアリサの姿が……に、人間、ここまでする

ものなんでしょうか。神様。

マジ、びっくりした。

「怪我《けが》はないですか！」と叫びながら私を抱き起こすスギムラ君……もう私、なんていうか今、どうしていいかわからないくらい、ロールプレイングゲームの中のお姫様な気分だよ。

そしたら、夜の静けさを揺るがすような大声が向こうからしてきた。

「おおおおおおおう、あおうううううう、ひどぃいいい、友達だっていうからきてあげたのにぃいいい、こんな仕打ちして、いつか罰があたるんだからぁああああ、絶対復讐してやるぅうううう、おうおうおうううう、おあああああああ」

……って、アリサがものすごい声で泣き喚いている。

おまわりさんも私もアケミちゃんも、あまりのことにびっくり。

私なんて、キャリーバッグに突撃された我が尻の痛みも一瞬忘れたほど。

結局三人を乗せたパトカーが去るのを見届けた我々……とりあえずタツオに報告をとスマホで連絡してみたところ。

「ノブコ、襲撃はそれで終わったわけではない。警察が今夜、奴らを留め置かなければ、コミケ期間中、お前の家は危険にさらされる。俺も仕事が終わったらそっちに向かう。スギムラたちは二十四時間営業のファミレスで時間をつぶして午前四時から会場入りするから、俺がいくまで、スギムラたちに護衛してもらえ」

スマホをスギムラ君に渡すと、スギムラ君は隊長の指示に従う忠実な兵士のごとく、丁重にその言葉を聞いた後、「そういうことになりましたので、ハセガワさんが来るまでお邪魔します」と丁寧に私に言いました。

女、ハセガワノブコ、ここでやらなきゃ女がすたるわ!!

私、思わずスギムラ君の手を取り、「スギムラ君、クニタチ君、出発するまで家で休んでって。全然遠慮いらないから。布団も寝袋もあるから。タツオの部屋があるし、気にしないで。うちから行けば、そんなファミレスで時間つぶししなくてもいいでしょ。食べるものもあるから、ほんと、うちに泊まっていって。そんでもって、明日ここから会場まで行くタクシー代、頼むからださせてっ!!」と叫びました。

その後、さらに呼ばれていたアサヌマ君が深夜近くやってきて、「いないみたいだから、もう大丈夫じゃないか?」と報告、タツオと彼らで四人、タツオの部屋とリビングに分かれて仮眠を取った後、午前三時にタクシーでコミケ会場に向かいました。

あまりの恐怖と異常な体験にすっかり疲弊《ひへい》したアケミちゃん、それでも五時起きして私といっしょにコミケに参加。

そうよ、やっぱりオタクとしては、何があってもこれに対する情熱だけはヒトカケラも欠くことはないのだわ。

そして三日目、男幕とか肉壁とか呼ばれるエロ同人誌の野郎ばかりの列の中に、デカすぎてひときわ目立つクニタチ君の姿を見た時、私の顔には微笑《ほほえ》みが浮かびましたよ。

エロ同人誌サークルに並んでいようと、暑さで汗が顔をつたっていようと、持ってるリュックにキャラキーホルダーがじゃらじゃらしていようと、クニタチ君、君はかっこいいよ。

結局、警察がいい仕事してくれたようで、関取アリサとその仲間たちは二度と我々の目の前には現れなかったけれど、どうやらこれはとってもラッキーな例らしく、世の中こういう襲撃にあってもっと悲惨な体験をしてしまった人も多いそうで。

しかし今回は無事、アケミちゃんの初コミケ体験は終了し、ダンボール二個に詰まった同人誌を北海道に送って、念のため変更した別の便で帰っていきました。

ちなみに私のお尻には、いい塩梅《あんばい》に糠《ぬか》につかったなすびみたいなすごい色のあざがでっかくできまして。

もちろんあとで警察にも届けたけど、しばらく仕事でイスに座るのがつらかったのでした。

＊

その日、珍しくタマコさんから直接、ランチのお誘いがありました。

テーブルにつくなりタマコさん、いきなり「あのね、私ノブコさんにアメリカの事情を聞きたかったのよ」と。

事情って何の？　と不思議そうにした私にタマコさん、「実はね、私、アメリカ行くのよ」と。

え――――!!　なんでまた、突然!!!!　何しに――――!!

びっくりしている私にタマコさん、「私もね、いろいろ考えたのよね」と。

タマコさんは三十四歳、ちょっとキップのいいお姉さんタイプで、かなりミーハーなところがある人。

恋愛とか男性の話とか大好きなので、私はちょっと苦手なんだけど、仕事仲間としてはとてもやりやすいし、チームとしてはうまくやってる。

「そう、何がどうってことはないのよ。普通に悪くないって状態なの」

タマコさん、ランチプレートのサラダセットをフォークでつつきながら言いました。

「でもねー、なんていうか、じゃあこの先ずっとこの仕事していくかとか、このままこれでいいのかとか考えたら、すっごく悩んじゃったのよね。秘書の仕事、嫌いじゃないけど、一生これやるって気持ちにもなれないし。もし、結婚とかしなかったとしたらどうする？　って自分で考えた時、仕事とかキャリアとか大事だなって思って……」

すごい。すごいよ、タマコさん。

私、そんなこと、カケラも考えたことなかった。

感動する私の横で、タマコさん、レタスをいれた口をもぐもぐさせながら、「だから私、マスター取りにアメリカ行くことにしたの」ってあっさりと……え――!!　マスターって、大学院いくの!!!!

「タマコさん、だって、だって、大学院って、どこの？　資金とかはどうやって？」

そうなのです。

アメリカの大学院は、外国人には高い。学費、滅茶苦茶高い。

しかも外国人は、さらに滞在費もかかる。

何年も収入なしの状態で学校卒業するってのは、我々のような日本人にはとても大変なことなわけであります。

ところがタマコさん、あっさり「貯金したもん」と。

「どうやって？　だって、私とお給料、そんなにかわらないでしょ？」

「うん、だからものすごい倹約して、あと、週末家庭教師のバイトしたの。英語教えてたのよ、中学生とかに。だから休みなしで働いていたのよね、私」

ハセガワノブコ、今、ものすごく感動して、ものすごく反省した。

週末はイベントいったり、アニメカラオケしたり、ゲームしたり、たまったアニメ観てたりして、好きにアニメDVDやCD買って、マンガ買い放題読み放題していた私。

私が鼻ほじりながらアニメ観ていたその時間、タマコさんは学生に英語教えていたんだわ。

「ノブコさん、自分の将来とか考えたりしない？」とタマコさんにいわれて気がついたんだが、私ってば、そんなことまったくさっぱり考えたこともなかった。

四半世紀近く日本を離れ、我慢して我慢して生きてきた私。

やっと日本に帰ってきて、オタク人生満喫しまくってる今この時、最高に人生愛してるって感じなんだもん、将来のことなんて、なぁんにも考えてない。

今、私の頭にあるのは、来週末のイベントにいかに早く並ぶかとか、録画したアニメをいつ見るかってことくらい。

「ノブコさんは外国生活長かったし、実際選ぼうと思えばキャリアな人生選べたわけですものね。今の自分も、ちゃんと自分で選んだ結果だし、私みたいに中途半端な考えでいたわけじゃないってことかも」

そうタマコさんは言ってくれてるけれど、いや、そんなたいしたもんじゃないって、私の人生。

「でもなぜ、アメリカの大学院っていう選択になったの？」

そう聞いた私にタマコさん、ふぅ〜っとため息をついて、「ノブコさん、経理にいたセンダさんって覚えてる？」と……センダさん、覚えてます。

物静かできっちりお仕事する穏やかな人で、私も何度も助けていただきました。

去年の今頃、突然会社を辞めてしまったけれど……。

「彼女ね、誰にも言わないで辞めちゃったけど、日本でずっと勉強してCPA取ったのよ。それで転職して、今、香港《ホンコン》で会計顧問の会社のダイレクターよ」

……いや、これには本当に驚いた。

CPA（Certified Public Accountant）といえば、取ったら一生食いっぱぐれがないと言われるあの、アメリカ公認会計士の資格。

その試験はものすごく難しいと言われている。

それを日本で勉強して取得したなんて、それはもう、ものすごいことであります。

「辞める前にセンダさんと話したのよね。彼女、自分は結婚しそうもないし、このまま静かに経理の仕事だけで人生終わるのも悪くはないけれど、尻すぼみになっていくのがわかってる先のこと考えたら、暗澹《あんたん》とした気持ちになっちゃって、それがCPA取るきっかけになったんですって。だから、時間かけて準備して、誰にも言わないで挑戦して、二度目でCPA受かったって言ってた。彼女と話して私、かなりいい刺激になったのよね」

タマコさんはしみじみ語っているけれど……どうにも私、気になることが。

「ねぇタマコさん、タマコさんもさっき、結婚しなかったらって言ってたじゃない？　センダさんも結婚しそうにないからってのがCPA取るって決めたきっかけのひとつみたいだけど……資格取ったり留学したりするのと結婚と、どうつながりあるの？」

私の言ったことにタマコさん、びっくり顔になっちゃった。

「だってノブコさん、結婚したら経済的なことも、自分の仕事が将来どうなるかも、今の時点でそう考えなくてもいいでしょう？　でも自分だけだったら、何かで仕事がなくなったり、定年退職したらその後はどうするかとか、そういう時にどうなるかって考えるわよ。自分で自分の生活も将来も、ひとりでなんとかしなきゃならないのに、今のままでずっといられるわけないんだから、将来のこと考えるのは当たり前と思うわ。今のお給料は分不相応にいいけれど、これがずっと続くかどうかもわからないし、年齢があがればあがるほど転職は難しくなるでしょう。日本で秘書の仕事なんて、若い女の仕事って意識、まだあるわけだし、例えば五十歳で独身で秘書の仕事やっていこうとしたら、日本で果たして仕事あるかどうかわからないもの」

確かに私たち秘書や事務の仕事で、定年退職までいられましたって人は、本当に幸運な一部の人だけだとは、さすがの私も思います。

うちだってバリバリの外資だけど、でも白髪の定年間近の秘書なんて残念ながらひとりもいない。

みんな、ある程度の年齢になると、いつのまにかいなくなってしまう。

アメリカだと、僕の秘書はうちの母と同じ歳なんだよ、なんてことも普通にあるけど、日本ではありえないことってくらいは私だってわかってる。

でも……「タマコさん、結婚したいんだと思ってた」とふと言ってみたら、タマコさん、深いため息をついてうなずきながら、「それはそうなんだけども……」と。

「したいと思っても、相手があることだから、じゃあしますなんて簡単にはいかないでしょ？　誰でもいいなんて、そういう話じゃないし。昔は合コンいったりとかしたし、つい最近までパーティとかにもいろいろ顔だして、新しい出会いをつくろうってがんばってみたんだけど……なんていうか……何もいない生《い》けすで一生懸命魚釣ろうとしているみたいな気持ちになっちゃって。そんなことをしているより、もっと自分のためにできる何かはないだろうかって考えて、自分の将来をもっとちゃんと見つめようって思ったのよね」

タマコさんの言うこと、わかるような気もする。

日本の女性も、多少なりともキャリアとか仕事とかについて考えるようになったけれど、今もってやっぱり結婚というものが重要なキィワードだし、結婚するしないが人生ものすごく大事なターニングポイント。

私のニューヨークの時の同級生たち、半分は最初っから仕事なんかする気なくて、当たり前のようにさっさと結婚していったけど、残り半分は早いうちから自分の将来見据えて、そのための人生を十代のうちからはじめていた。

ビアンカは早いうちから第三世界に興味をもっていて、高校時代に飢餓《きが》と内戦をテーマにしたボランティア活動をしていたけれど、大学も当然そういう専攻で、今は難民救済機関で仕事しているし、アリーシャはマーケティング業界で成功するって決めていて、近く自分の会社を立ち上げるらしい。ガリーナは、本人が予告していたとおり、世界トップのファッション雑誌の編集者。そうかと思うと、私と仲のよかったカテリーナは大企業経営者の令嬢なのに、初志貫徹して小学校の先生になってる。

最初っからオタク人生のために仕事しますってな私のようなアホンダラなことを考えるような人間は、そうほかにはいないとはわかっていたけれど、日本に帰ってきて驚いたのは、とにかくほとんどの女性が自分の人生に結婚というものを当然のように設定していたこと。

しかもその年齢もある程度予測していて、相手も判明していないうちから、結婚したらどうなるかってなシミュレーションまでされてたりする……だから、仕事も自分の将来も、自分自身にフォーカスされる部分が微妙にズレてしまっている。

もうすぐ結婚するらしいエツコさんを除いて、ミナさんもタマコさんも、「できれば二十代のうちに結婚したかった、そんでもって今でもできるだけ早く結婚したい」と心に思っていることは、言わなくてもお互いにわかっていることのようで。

でも、〝結婚できそうにないからキャリアを目指す〟って考えそのものが、日本独特のようなものなのかもと思ったり。

「ノブコさんはいいわよね、なんたってタツオさんというパートナーもいるし、ちゃんといろいろ考えてるし」

いや、タマコさん、タツオは結婚相手でもなんでもないし、私のちゃんと考えてるってのは、今週のアニメの録画どうやるか、それをいつ観るかって、そういうレベルだから。

私だってタマコさんの気持ち、とてもわかる。わかります。

でも、やっぱり私には疑問なんだ。

ひとりで生きていくしかなさそうだから、キャリアを目指しますって、それでハッピーなのかな？

タマコさんが本当にやりたいことって、それなのかな？

ランチはそれなりに楽しかったけど、なんとなく心に重く残るものがあって、オフィスに戻る私の気持ちはなにやら暗くなってしまいました。

タマコさん、そんな私の様子に気づかないまま、「来年退職するつもりだから」とうれしそう。

あとちょっとじゃないか……なんて思って聞いていたらタマコさん、別れ際に「アメリカ行けば、年齢に関係なく恋愛も結婚もチャンスあるじゃない？　日本で腐ってるより、がんがん前向きにいかないとね」と笑って私に言いましたよ。

なんか私、その言葉にほっとしたのはなんでだろう？

＊

ニーナがいきなり電話してきて、「ノブゥ、今度うちでパーティするから絶対にきてねぇ」といってきたのは数週間前。

早めに連絡してきて、ほかにアニメ関係の予定をいれないように押さえてくるあたり、さすがに私とのつきあいが長いだけある。

まったくもって行く気なんぞさらさらなかったんだが、エリちゃんをニーナに紹介するといってそのままになっていたことを思い出して、ちょうどいい機会だからこの場を借りてしまえと思ったので、気軽に行くと返事してしまったんだけれども。

ニーナもエリちゃんもそれに喜んでくれたのはいいんだが、蓋《ふた》をあけたら、なんか百人くらい集まるパーティで、しかもどうやら私の苦手な外人スキー女子もかなり来ると聞いて、いっきに気持ちが萎《な》えてしまった次第。

もとはお屋敷町だった千代田区《ちよだ》の中の、ゴージャスな一軒家に住むフォルテン夫妻宅、中はアンドレアス・フォルテン氏の趣味で、なんかどっかで聞いたことあるような美術品があふれ、プロに頼んだというインテリアはもう、モダンで高価！　って感じ。

たまに遊びに行くと、お湯もわかせないニーナのためにいる住み込みのお手伝いさんが、一客何十万もするカップに紅茶いれてくるし、もうやめてくれって本当に毎度思うのだけれど。

今や外人スキー女子たちや、セレブとやらを目指すOLのみなさんのカリスマ、ニーナ・フォルテン……そのパーティと聞けば、ネットオークションにそれこそ参加権利でも出品した日にゃあ、欲しいアニメのDVDボックスなんて、全部軽く買えてしまう値段まででつりあがるであろうさ。

もっとも今回のパーティの主旨は、ニーナが今年の日本ダイヤモンドなんたら賞とかいうのを受賞した、記念パーティってことだそうで。

それ何？　と本人に聞いたら、「なんか、ダイヤが似合うんだって、私」だそうで……わけわからん。

七時から始まるパーティなのであるが、ニーナが「少し早くきてね」と言ってきたので、おしゃれしたエリちゃんとふたり、五時にフォルテン家の扉をあけたら……「よくぞいらしてくだすった!!　ノブさーん!!」と、フォルテン氏が玄関で私を待ち受けておりました。

あああ、やっぱり。

うなだれる私の横で、エリちゃんが不思議そうな顔をして私とフォルテン氏を見てる。

アメリカでも経済誌にしょっちゅう顔写真入りで載るほどの金持ち、そして有名なビジネスマンであるこのアンドレアス・フォルテン……私にとってはただのオタクなおっさんでしかない。

婚約直後、ニーナとフォルテン氏はNYの私の家に遊びに来て、居間でバカ父が流暢《りゅうちょう》な英語でこのおっさんと話していたんだが、ふと気がついたらこのふたり、異様なほどに盛り上がっていた……それはいわゆるチャンバラな話で。

実はバカ父、とんでもないチャンバラオタク。

彼の部屋には時代劇のDVDボックスが並び、秘蔵のビデオが大事に本棚にしまいこまれ、挙句にどこで手にいれたか知らないが、「大江戸捜査網《おおえどそうさもう》」の古いポスターが貼られている。

ニューヨーク滞在中、実は日本本社の同じチャンバラ好きな部下に頼んで、ビデオを送ってもらったりしていたのがわかり……私がそれを知って怒り狂ったのは言うまでもなく（自分のことを棚にあげて、私のオタク趣味をいろいろ言っていたので）。

フォルテン氏、どこで見たかは知らないが、子供のころに見たサムライムービーを忘れられず、大人になってから黒澤《くろさわ》はもちろん、日本のサムライ映画を心から愛する男でありまして。

それをただのオタクにしやがったのは、うちのバカ父。

異国で同志を得た！　と大喜びで、大河ドラマはもちろんのこと、「遠山《とおやま》の金《きん》さん」や「暴れん坊将軍」、「必殺」シリーズ、挙句に「女ねずみ小僧」や「三匹が斬る！」まで、個室で男ふたり、ひたすらにテレビ画面に向かう日々……それはこっそり中を覗《のぞ》いた母が「なんか怪しい宗教の洗脳部屋みたい」とつぶやくほど。

気がついたらフォルテン氏、「オガワマユミはクール」とか、「ナカムラモンドはサムライの鑑《かがみ》」とか、わけわからんことを言うようになってた……中村主水《なかむらもんど》はサムライだけど同心で、しかもただの殺し屋だってば。

ふたりの時代劇オタクなつきあいはバカ父が日本に戻っても続き、フォルテン夫妻が日本に赴任して、さらに炎上拡大してきた感じがする。

そして今もフォルテン氏、「ゴウキは元気ですかぁー、ああ、最近忙しくて、ゴウキとサムライのＤＶＤ、観てませんー」と言いながら、私を暑苦しくハグするわけです。

やめてほしい。

ちなみに、ゴウキってのはうちのバカ父の名前。

うちのおじいさん、なんであんな父に、仮面ライダーみたいな名前つけたんだか。

フォルテン氏、私をハグから解放すると、エリちゃんに「おおー、なんて愛らしいジャパニーズレディでしょう、まるでユミカオルですねー」と「そのネタはやめておけ」ってなことを言った後、「ノブ、エリ、君たちにぜひとも見てほしいものがあるんだよー」とやたらうれしそうに、奥のほうへと我々をいざないました。

我々の後ろでニーナが、「ノブ、気合いれたほうがいいよー」と言ってるので、何かと思ったら……扉を開けたそこには、鎮座している古めかしい鎧兜《よろいかぶと》の数々……その横には、本物の刀。

一瞬固まった私とエリちゃん。

だって窓もないその部屋、明らかに霊気というか妖気がただよっている……。

瞬間エリちゃん、「ノブちゃん、私、居間で待ってるねー」とあっという間にいなくなってしまいまして……「待って!! エリちゃん!! おいていかないで!!」と思わず叫んだ私でありましたが、フォルテン氏の熊手のような手に肩をわしづかみにされてて身動きできず。

ちきしょう、なんて薄い友情なの。

フォルテン氏、最愛の妻とエリちゃんがいなくなったことにも全然頓着せず、「ノブ、僕の自慢のサムライルームです、すごいでしょー、すてきでしょー」とものすごくうれしそうなんだが……こんな怖い部屋、今まで見たことない。

「毎朝私、ここで座禅《ざぜん》しますね。ヨロイカタナと語り合って、サムライのココロをよびさますのです」

呼び覚まさんでいいって、そんなもの。

もう明らかに視線が虚空《こくう》を飛んでるフォルテン氏、頼むからそういう話はバカ父にしてくれよと思うばかりなんだが……いや、まじ、この部屋寒いよ。

長い長いフォルテン氏のサムライ談義からやっと解放されて居間に戻ると、ニーナが「あの部屋に連れていってもらえたのは、私以外はノブが初めてよ。アンディは、特別な人しかあそこにいれないんだから」と言って笑ってるけれど、もう私は甲冑《かっちゅう》の呪《のろ》いにアテられたって感じがする。

エリちゃん、例の一客数十万な豪華なカップにはいった紅茶を飲みながら、「ごめんね、ノブちゃん、逃げちゃって。でも私、ああいうの本当に弱くて……」って申し訳なさそうに言うんだけど、あんなのに得意な人なんかいるかよってツッコミいれたいわ。

居間に戻ってこないフォルテン氏、もしかしてサムライルームで瞑想《めいそう》中か？って思ったら、ニーナが「アンディ、パーティの時間まで仕事してるってぇ。私たちも、パーティが始まるまで、私のリビングでおしゃべりしてましょうよ」って……その言葉にエリちゃん、目をまんまるにして「私のリビング？」って言ったけど、そうなんだよね、このうちにはニーナ個人のリビングがあるんだ。

パーティをしょっちゅうやってるこのうち、大量にいる使用人の人たちが準備してる間、役たたずのニーナは居場所がなくなっちゃうので、日本でいう離れをニーナのリビングとして使ってる。

パーティ開始少し前に、準備のために席を立ったニーナが部屋を出ると、エリちゃんが「なんか私、場違いのような気がしてきた」とつぶやき。

いや、わかるよ、エリちゃん。

ここに来ると、たいていの人が価値観完全破壊されちゃうからさ。

でもね、エリちゃんのその言葉は、まっとうなものなんですよ。

価値観破壊されちゃうと、こういう生活にあこがれてニーナの追っかけになるか、あるいは自分もフォルテン氏みたいな人見つけて結婚しようって勘違いするか、どっちかだから。

人間、そんなに安易に考えられるってのは、ある意味すごいけど。

少しして、きれいに着飾ってなんかやたらきらきらしたダイヤモンドのネックレスして戻ってきたニーナを見て、エリちゃんが「いやー、目がつぶれるね、あれは」と私につぶやいた時は、もう惚《ほ》れ直したわ。

エリちゃんの価値観は、数十万円のティーカップにも、きらきらのダイヤモンドにも、呪われた甲冑にも、左右されないんだ！

時間がくると、次々と人が集まってくるわけで、フォルテン氏もニーナもお客様のご挨拶に忙しくなったので、私とエリちゃんはグラス片手に入り口が見えるコーナーのソファに座って、招待客を値踏み、見物モード。

さすがエリちゃん、世の中の一般知識に疎い私とは違い、「あ、ノブちゃん、あの人タレントの××さんよ」とか「俳優の××さん」「あの人は確か、議員さんだったはず」とかいろいろ教えてくれてありがたいことこのうえないんだが、アニメとマンガと特撮以外には興味のない私、「はぁー」「へぇー」「ふぅーん」で終わってしまう。

もちろん、フォルテン氏の仕事関係の人たちも来ているわけなんだけど……案の定、集まった人たちを見回すと、私の苦手な外人スキー女子もわんさかいらっしゃる。

もちろん、こういう場は出会いの場でもあるんだけど、彼女たちがニーナの生活を見て、「私も必ずこうなるわ」みたいに思ってるのは、ちょっと違うかなぁって思ってる。

ニーナはもとから金持ちなんだ。

しかも、我々日本人の考えが及ばないほどに、お金持ち。

そんでもって、ニーナ本人がそのお金持ちな自覚がないところがミソ。っていうか、彼女の世界では、シャネルやグッチの顧客名簿に載りますなんてのは普通のことで、それこそ世界に名だたるデパート、バーグドーフやサックス・フィフス・アベニューみたいなデパートに専任のカストマーショッパーがいたりして、パーティがありますなんていう日にゃその人呼んで、インテリアから食器、招待状につかうレターセットからお客様に渡すギフトまで、全部大金かけてコーディネイトするのが普通。

当然、そのために有名な料理人とかも呼んじゃって、自宅にあるやたらめったらでかいキッチンで料理つくってもらうわけよ。

ニーナの世界では、雑誌みてヴィトンの衣装ケースにあこがれたり、セリーヌの新作に目を輝かせるとかってそういうレベルはない。存在しない。

そんなもの、あってもなくてもいいの。

そもそも、そういう一般レベル超えたようなもので、彼女の世界はあふれてるんだから。

私の通っていた学校には、そんなおうちに生まれた女の子たちがたくさんいて、それをずっと見ていたからいろいろわかったこともあるけれど、彼女たちの生きている世界は、我々のとは生まれた瞬間から違うんだ。

私はそもそも、そういう世界には興味ないし、あこがれることもなかったけれど、普通のサラリーマンのおうちに生まれ育った私には、びっくりすることも多々あった。オタクにはまったく関係ない、縁のない、必要のない世界だからこそ、客観的にそれを見られたのかもしれないと、今は思う。

シャンパンがなくなったので、ソファを立って新しいものをもらいに行くと、いきなり後ろから「おお――!! ノブさんではありませんか!! おひさしぶりです――」と怪しい日本語が聞こえてきた……その声はフォルテン氏の取引先の取締役のネルソンさん。うれしそうなネルソンさん、相変わらずコテコテのアメリカ人エグゼクティブぶりな様子で、きらきらしてる。

いまどき、ダブルのスーツ着て、金のカマボコの指輪してるアメリカ人なんて、この人くらいなんじゃないか?

ネルソンさんは、アメリカの東部のいいおうちに生まれ育ち、ハーバードに進んで、そのままハーバードビジネススクールに進んで、大手企業で役員になったっていう、絵に描いたようなエリート街道を一直線に歩いてきた人。

顔も体型も服装も、日本人がよく思い描く七十年代アメリカンなビジネスマンのイメージそのもの。

しかしこのネルソンさん、プライベートではどこかおばちゃんテイストなところがあって、私に会うたんびに「ノブさん、うちには素晴らしいアメリカ人男性がたくさんいます、あなたにご紹介したい」とのたまうんだが……いらんよ、そんなもん。

フォルテン氏とネルソンさんは、私を彼らのお墨付きのアメリカ男と結婚させたい意向らしく。迷惑千万。やめてくれと言いたい。

この日もネルソンさん、人の好さげな笑顔いっぱいに、「今日はねー、僕の知り合いの有望株な若手をつれてきたんだよー」って、いきなり背後に立っていた長身の男をひっぱってきて、「ほら、彼」って……。

いかにもおっさんが好きそうな、一見まじめそうで仕事できそうなハンサムアメリカ男、にっこり笑って片手を出して、「リチャードです」だってさ、めんどくさいなぁ。

この聖地ニッポンで、オタクの神の恩恵を一身にうけている今の私に、日本以外の人のことはどうでもいいのよ。

しかしそこで私、はたと気がついた。

今日はエリちゃんがいっしょじゃーん。

よくできたスマートな笑顔を浮かべてるリチャードとやらに、「私、今日は友達ときてるんです。よろしかったら、ご紹介しますわ」なんて言っちゃって、しっかり片手にシャンパンのグラス持ったまま、男をエリちゃんとこに連れていっちゃった。

そんでもって、丁重に挨拶しあってるふたりを置き去りにして私、さらに奥の部屋へ逃げたわけです……ああ、おうちに帰りたい。

今頃は、「あしたの天気」って今、人気のギャル系アニメが放映中よ。

先週、主人公の馬鹿男が隣に住むいちごちゃんって女の子にたらしこまれて、ガールフレンドのラリアちゃんが思いっきり悲しい想いをしちゃったところで終わってて、観ていた私はテレビの前で悪態つきまくりだったんだけど、今週はその大事な続きなんだよね。

ち——っ、エリちゃん置いてひとりで帰るわけにもいかないしな——……なんて思ってソファでくさくさしていたら、突然「ここ、いいですか？」って声かけられまして。

は？　って見上げたら、日本人にしてはけっこうな長身のなかなか見栄えのいい男性が立っていた。

「どうぞ」って、またしても愛想《あいそ》笑い浮かべて答えてしまったんだが、本当はひとりで静かにアニメ妄想にひたっていたかったんだ、ちぇ。

まぁ、大きなソファだから、五人くらいは軽く座れるんだけどさ。

そんなことを考えていたらそのイケメン氏、「楽しくないですか？」っていきなり聞いてきた。

や、楽しくないよ。全然楽しくないけど、そんなこと正直に言えるわけないでしょ？

なのでそこはひとりの社会人としてあるべき姿を考えて、極上の笑顔で、「いえ、そんなことはありませんよ。ちょっと仕事で忙しかったもので、疲れてるんですよね」とか言っちゃった、私。

イケメン氏、感じのよい微笑み浮かべて、「ああ、そうですよね……わかります」と
……私ってば、心の中で「話しかけないでくれよ〜」とか思ってたんですけどね。

イケメン氏、なんかちょっと不思議そうな様子で私を見てるんだが、なんでだ？　って思っていたら、突然「あらぁ、ノブコさん、お久しぶり〜」って……いきなり前に立つ女性ひとり。

誰？　って思ってみたらその人、「あらいやだ、先日パーティでお目にかかったリカよ」って言いやがった。

わかった、あの〝私リカちゃん〟だ。

しかしなんだよ、お久しぶりって。

別に全然久しくないし、私はあなたに会いたいとか全然思ってないよ。

黙ってみている私に〝私リカちゃん〟、いきなりまたあのマスカラつけすぎなまつげばさばさいわせながらねっとりした声で、「ノブコさんって、岡田《おかだ》ハルキさんとお知り合い

だったの？」って聞いてきた。

は？　それ、誰？

びっくりした私に、いきなり横にいた、かのイケメン氏が、「あ、それ、僕のことです」ってちょっとはにかんで言ったんだが、それを受けて〝私リカちゃん〟、「あら、やだ、ご存知なかったの？」って……ご存知ないもなにも、まったく全然知りません。存じません。

「今をときめくイケメン俳優の岡田ハルキさんを知らないなんて、ノブコさんたら……あ、でも、ノブコさん、アメリカの暮らしが長いから、日本の芸能界とかあまりご存知ないのかしら？」

リカちゃん女が、胸の谷間を見せながらかがんできて、私ににんまり（たぶん本人にとってはセクシーに、なんだろが）と笑ってそう言ったのですが。

しかしその瞬間の私の反応は、たぶんそこにいた誰もが想像もしえなかったものであろうと私は思う次第。

「え!!　俳優の岡田ハルキ!!!!　じゃ、あの押田《おしだ》監督の『装甲《そうこう》騎《き》兵団《へいだん》バイファロス』で、第二騎兵団長のタイタスの声をアテてた、岡田ハルキさん？」

びっくりして一歩下がった〝私リカちゃん〟を無視して、私、いっきにオタクな本性むきだしになっちゃって、さっきまでどうでもよかったイケメン氏にきらきら目で向き合いました。

だってね、押田監督の『装甲騎兵団バイファロス』ってのはアニメの歴史に残る映画で、これを知らなかったらアニメファンじゃないってくらいの作品なのよ。

パワースーツで武装した兵士たちが、侵略を受けている惑星のコロニーのために命がけで戦うってシンプルなストーリーなんだけど、もうこれがものすごい感動大作なわけ。

しかも、繊細《せんさい》かつ大胆な演出、素晴らしい作画、流れるような動画で、当時の有名な才能あるクリエイターたちが「絶対にいいものを作る」って監督の指揮のもとに結集した名作中の名作。

その中で、取り残されたコロニーの中の数人を助けるために、異星人に掌握《しょうあく》された地区に命がけで潜入するのが第二騎兵団で、団長のタイタスは少数精鋭のその部隊を率いて救出に成功するんだけど、自分はそこで重傷を負ってしまい、最後には「俺を置いていけ」って言うのね。

せまりくる追っ手が見えるそこに、彼自身が残って、血まみれの身体で自分が盾になって追っ手を蹴散らすんだけど、自爆する瞬間に、それまでずっと冷静で軍人らしい堅い感じだった彼が一言、「やってられねぇなぁ」って笑いながら言うの。

悪いがあの時私は、劇場で号泣した。

場内も、すすり泣きで満ち溢《あふ》れたわ。

そんでさ。

今私の目の前にいるのは、その台詞を言ったご本人さまなわけよ‼

「タイタスの声やられてた、岡田さんですよね？」って私が興奮状態で聞いたら（たぶん叫んでた）、イケメン氏、ちょっとあせった様子で、でも笑顔のまま「ええ、そうです」と……ああ、神様、生きててよかった、ハセガワノブコ、今ほんとにそう思った。

いやー、当時はさ、そりゃただのアイドル風情《ふぜい》がそんな大事な役の声をアテるなんて、ふざけんじゃねぇよと思いましたよ。

でもね、映画のタイタスの声は本当にもうその声しかありませんって感じで、私は押田監督のそのキャスティングの素晴らしさにあらためて感服し、声をアテた〝岡田ハルキ〟とかいうアイドルにエールを送ったわけですよ。

しかしこの〝岡田ハルキ〟はその後は声優としてでてくることはなくて、一度、メモリアルＣＤがでた時に、タイタスの思い出ってことで語りをやったくらい。

「あの映画、ほんっとに感動したんです、いやー、タイタス、いいキャラでしたけど、岡田さんの声もあってたし、声優初挑戦とは思えぬほどの演技で。あ、うちには最近やっとでたDVDも限定特別ボックス仕様であるんですよ!!　メモリアルCDももちろんあります!!」

ただの萌え女に成り下がっていた私に、岡田ハルキさん（いきなり呼び方もかわるよ）はちょっとうれしそうにして、「いやぁ、あの映画でほめられるとは思ってませんでした」って……いやごめん、私、君のこと、それでしか知らないし。

ところがそこで〝私リカちゃん〟、ちょっと険《けん》だった声で「ノブコさん、そのソウコウなんとかって何かしら？」とか聞いてきやがった。

私と岡田様（また呼び方がかわってる……）との会話に水さすなんて、許さなくてよ。

でも岡田様は丁寧にも〝私リカちゃん〟に、「ああ、僕、だいぶ前にアニメ映画の声をアテたことがあるんですよ。一部ですごい人気で、評価も高い作品だったんですよね」って説明してあげたり。

ああ……タイタスの声だぁ……ってうっとりして聞いてたら、またしても〝私リカちゃん〟、「いやだ、ノブコさん、アニメなんか見てるの？」ってちょっと馬鹿……いや、マジ馬鹿にしたような言い方をしてきやがったわけ。

ばっつ――んってね、きたわよ。

切れましたよ。

せん。

ええ、私はキレました。

私のことをどう言おうとかまわん。

しかし、『装甲騎兵団バイファロス』の話をしていて、「アニメなんか」って言うのは許せん。

ましてや、タイタスの声の前でそれを言うことは、神に誓ってこのハセガワノブコ、許しません。

私、岡田様に「ちょっと失礼します、またあとでゆっくり『装甲騎兵団バイファロス』のお話、聞かせてくださいね」って、特上の微笑みを向けて立ち上がり、〝私リカちゃん〟を連れ出しました。

場の流れがわからずに固まってる〝私リカちゃん〟に、私は笑顔で「リカさん、そういえばあれですよね、ニーナと個人的にお知り合いになりたいでしょう?」というと〝私リカちゃん〟は「え?」って立ち止まり。

そして、ストレートの長い髪をさららーっとかきあげて、「そんなつもりはないですけど、お知り合いになれればうれしいですよね」とかヌカしやがり。

何言ってんだよ、今日私に声かけてきたのだって、ニーナにとっつきたい一心からだろうがよと私、心の中で毒づいたけど、それはじっと押し隠してさらにさらに笑顔で、「いい機会だからご紹介するわ」と言ってさしあげました。

そしたら〝私リカちゃん〟にんまり笑って、あろうことか、「ノブコさん、ひょっとして、岡田ハルキさんとのこと、私に邪魔されたくないのかしら?」だと!!

あー、邪魔されたくないね!!

でも、あなたの考えてるような邪《よこし》まなものとは違うんだよっ!

私はシナつくりながら私の後ろにくっついてくる〝私リカちゃん〟したがえて、リビングの脇の通路から、あの部屋へと向かいました。

「リカさん、ここってね、あのフォルテン氏の特別な部屋なんですって。懇意な人しか見せていないって、さっき私も見せてもらったばかりなんだけど、ちょっと見てみない?」

こういう〝特別〟って言葉に弱いんだよね、このテの人間は。

案の定、瞳を輝かせた〝私リカちゃん〟、私が開けた扉の中へすーーってはいっていきまして……ばたん。

閉めちゃった。

うふ。

中で驚く〝私リカちゃん〟が、「ちょっと、何? なんで閉めるの!! やだ、鍵《かぎ》かかってるじゃない!! 何するのよ!!」とがちゃがちゃ扉をあけようとしだしたけど、この扉、盗難防止のために、中からも外からも特別なカードキィがないとあかないんだよーん。

そんでもって私、さっきフォルテン氏からバカ父に渡してくれって、そのカードもらったばかりなの。

ふん、男を前にエロエロして、ニーナに近づくために私にまとわりついて、挙句に「アニメなんか」って、お前なんかヨロイカブトに呪われてしまえ。

「ノブコさん、ちょっとやめてよ、やだ、ここなんか寒い!! 出して、出してちょうだい!!」

リカちゃん女、相変わらず中で叫んでるけど、私はさっさとリビングに戻ってしまいました。

大丈夫。

落ち着いて部屋をみれば、インターフォンがあるんだもん。あれ鳴らせば、お手伝いさんがすぐ来てくれるよ。

しばらくそこで、実際に人を斬ってるとかいう刀やヨロイカブトと楽しく交流してくれ。

私は解放された気分で居間に戻ると、タイタス様（さらに名前が違う）のいらっしゃるソファに戻り、当時の話なんかをタイタスの声で聞いちゃったりしました。

ああー、ノブコ、幸せ。今日来てよかったわー。

そしたら岡田様、「ハセガワさんは、タイタスの役でしか僕のこと知らないんですね」って笑いまして……うっかり「ええ、全然ほかは知りません」って言っちゃった私……しまった。

そしたら岡田さん(元に戻った)、「いやぁ、そういう人珍しいですよ。タイタスの声を知らない人のほうが多いですから。よかったら、今度僕が今でているドラマも観てください。月曜日の午後九時からやってるんですけど」って……それはどーでもいい。ドラマ観る時間なんて、私にはこれっぽっちもないしな。

ってかさー、私、あなたの声にしか興味ない。

でも、そんな失礼なこと言えないので、「ええ、ぜひ……」とか言ってにかにかしていたら、いきなり岡田さん、名刺をくれまして……ってよく見たら、自宅の住所と連絡先がはいってるよ。

「よかったら、また連絡ください」って笑顔で言う岡田さんだが……うーん。

電話だけならいいよ……だって、タイタスの声だし。

結局その日、〝私リカちゃん〟が甲冑の呪い部屋から脱出できたのは、十時くらいだったみたい。みたい……ってのは、もちろん私はその時間にはすでにいなくて、あとでニーナに聞いたから。

どうやらご本人、中で大騒ぎしたらしく、扉があいた時にはボロクソになっていたそうで、ニーナが介抱してあげたらしい。

ニーナと個人的に関わる機会になったんだから、結果オーライでいいんじゃないかな、なぁんて私は思ったのですが。

だめかな？

＊

——ノブちゃん、とっても困ってるの

爽やかな月曜日の朝一番に、珍しくエリちゃんからメールが。

——この間、ニーナのパーティに行った時に、ノブちゃんが紹介してくれたリチャードなんだけど、週末にフェデックスでファーストクラスのエアチケット、ニューヨーク往復を送ってきたの。

ええええええええええええええええええええええええ!!!!

あのパーティからしばらくたつけど、いったいエリちゃんとリチャードの間に何があったっていうのさ!!

結局私はランチタイムを待って、エリちゃんとふたり、出張中のオーレの個室にはいってその話をしました。

「あのね、あの時紹介してもらって、その後二回くらい誘われたのよ、リチャードに。お食事にいきませんか？って」

うん、それで？

「まぁ、悪い人じゃなかったし、一度はお誘いをうけてお食事したんだけど、ロブションだったのよね、それが……」

えええええええええええええええ!! 夜のロブションって、なんかいきなりすごくないか？

すごくすごく高いぞ。豪華だぞ。

ケヴィンだって、接待にすら滅多につかわないよ。

「うん、それで私、違うかなーなんて思って。まぁ、お友達として彼が日本に来た時には案内してあげる……みたいなおつきあいでいいかななんて思ってたのよ。そしたら、帰国してからもすごくマメにメールがきて、電話とかも時々あって……でもそういうおつきあいはちょっとなんだから適当にしてたら、いきなり届いたの、チケット」

う、うーん……そりゃちょっとなんかすごいな。

腕組みしてしまった私にエリちゃん、「なんかねー、やりすぎだよねー」って言ってるけど。

「エリちゃんのこと、そこまで気に入ったってことだよね？」

そういった私にエリちゃん、ちょっと困った顔になり、それから少し恥ずかしそうに言いました。

「あのね、実はあそこで、別にすごく素敵な人に会って、おつきあい始めたばかりなの」

えええええええええええええええええええええええええええええ!!

なんかすさまじい展開になってないか、エリちゃん!!

「誰よ、それ、誰よ!!」と思わず叫んだ私にエリちゃん、「これ、その時の写真」って見せてくれた携帯の写真……エリちゃん、誰？　この、めがねかけたドラえもんみたいな男の人……。

「彼ね、サミュエル・ヨーさんっていうの。パーティにきていた中国系のシンガポール人。すごくいい人で、お話もとっても楽しかったのね。ヨーさんもあのパーティの後、お食事に誘ってくれたんだけど、それがこぢんまりした感じのいいフランス料理だったのね。いっしょにいるとすごく楽しいし、落ち着けるし、私、ヨーさんとならおつきあいしたいなって思ったの」

金髪のイケメンなエリート街道まっしぐらのアメリカ人野郎どもには目もくれず、めがねかけたドラえもんを選ぶところがエリちゃんらしいんだけど……でもなー、どっちも私、知らないしな。

しかしリチャードについては、私がよく知りもしないうちにエリちゃんと引き合わせてしまったっていうのもあるから、責任のいったんは私にもある。

結局私、エリちゃんに「ちょっと裏とって、対応策練るわ」と約束して、その日、ネルソンさんの秘書のワキサカさんにメールいれてみたわけです。

ネルソンのおっさんは、ああ見えても取締役だからして、なんでかわからんが私は個人的に彼の知り合いになってるので、だいぶ前から彼の秘書のワキサカさんとはたまにコンタクトを取っていたのが幸い。

早速ワキサカさんにメールを打ちました。

——ワキサカさん、ご無沙汰しています。

実は相談なのですが、先日ネルソンさんからリチャードって男性を紹介されたのですが……その人がいかなる人物か、ちょっと知りたいのです。もしご存知でしたら、プロフィールを教えていただけますか？　いえ、私の個人的なものではなく、パーティに同行した私の友人のところに彼からプライベートで連絡がはいっているのですが、彼女も彼についての詳細を知らず、ちょっと困っているので。

さらに、ついでと言っては何ですが、サミュエル・ヨーという方もご存知でしたら、教えていただけますでしょうか。


数時間後、ワキサカさんから返信が。


——ハセガワさん、こちらこそご無沙汰しています。お元気そうで何より。

お問い合わせいただいたリチャードなる人物ですが、彼は当社の人間ではなく、ネルソン個人の知人のご子息で、あの時は仕事で来日中のところを、ネルソンがパーティに連れて行ったようです。よって、私も細かいことはわかりませんが、かなりの資産家で、出自もいいそうです。

ネルソンは、ハセガワさんに引き合わせたかったのでしょう。こちらのオフィスにもきましたが、女性たちが大騒ぎしていましたよ。なんたってあのルックスですものね（笑）ただ、遊びのほうもお盛んなようで、ネルソンは知りませんが、当社の女の子（ハセガワさんが苦手な例のタイプです）と、けっこう遊んでいたみたいです。たまにこちらに遊びにきて、それでそこまで遊べるなんて、慣れているんでしょうね。

やっぱりそっち系の男だったかと、私、思わずデスクでうなりました。

私、全然そっち関係に興味ないんだけど、その種の男を見抜く目は確かなんだよね。

やっぱりあれかな、敵認識サーチ能力ってやつ？

しかし、ワキサカさんのメールはまだあった。

――もうひとつ、お問い合わせのあったサミュエル・ヨーですが、彼は当社の人間です。財務管理のマネージャーで、好人物ですよ。シンガポール出身で、イギリスの大学をでています。あのルックスなので、モテるっていうのはないみたいですが、女性には人気があります。この会社で、部内の女性の誕生日にギフトを贈るのは彼だけですし。

エリちゃんの男を見る目も確かであった……ノブコ、感動。

早速エリちゃんに、ワキサカさんの情報を送ってみたところ、「やっぱり」と返信が。

――やっぱりそうでしたか。

リチャード、悪い人ってわけじゃないとは思うけど、いわゆる〝遊びたい〟って感じがすごくしたのね。もちろん、あれだけの人ならすごくモテると思うんだけど。一応私、あまり懇意にならないように気をつけていたつもりなんだけど、あんなチケット送ってこられてどうしましょうって感じなの。

正直言うと、ああいうぎらぎらしてて、なんか自慢屋さんっぽい人、好きじゃないのよね。

いかにもエリちゃんらしい感想なんだが、リチャード、確かになんでそんなとんでもないことしてくるんだかいまいちわからん。エリちゃんに本気で惚れてるってのも、なぁんか考えにくいし。

結局私、エリちゃんの了解を得て、ワキサカさんに相談してみることにしました。

そしたらワキサカさんから、速攻返信が。

――ハセガワさん
それはただごとではありませんね。きちんとおつきあいしてるわけでもない女性に、ファーストクラスのチケットだなんて。彼の意図するところ、ちょっと疑ったほうがいいですね。本気でそのお友達の方のことが好きということも考えられなくはないですから。
もしさしつかえなければ、こちらで動ける範囲で動いてみますが、どうかしら？

もちろん私とエリちゃん、ワキサカさんにお願いいたしました。
そして、かっきり二日後、ワキサカさんからメール。
サブジェクト、「判明」……うますぎだよ、ワキサカさん。

――こんにちは、ハセガワさん
先だっての件ですが、リチャード・ベントンの意図がだいたいわかりました。
まず、彼はニュージャージーの資産家の出身で、本人はニューヨークでベントン＆

フォール法律事務所という企業弁護士の事務所を持っています。今回の来日は、オフィスを日本に作る意図あってのものだったそうです。彼がここに来た時に彼の秘書も同行していたので、今回、彼女に連絡を取りました。

で、詳細を正直に話したところ、彼女も事態が事態なのでオフってことで話してくれたのですが、リチャード・ベントンは女をおとすのにお金をかけて楽しむタイプの男だそうです。彼女の話では、来日中もそうとういろんな女性と親密なおつきあいをしていたそうで。実はそのファーストクラスのチケットも、彼個人の経費でまかなわれてはいますが、手配は彼女がしたそうです。なので、チケットは下記の住所に送り返してもらっていいですよとのこと。

それから彼女のコメントなのですが、『日本で彼に落ちなかったのは、そのエリさんだけのようなので、かなり意地にもなっているのだと思います』だそうです。ちなみに彼女は、ベントンのお父さんからの引きでリチャードの秘書になった五十代の女性で、彼を小さい時から知っているそうです。なので、気にせずに着払いで送り返してくださいとのことでした。お仕置きはちゃんとしておきますとのことです。

素晴らしい!!

ワキサカさんも、リチャード・ベントンの秘書の人も、グッジョブです!!

早速エリちゃんに連絡すると、さすがにほっとしたようで、「本当にありがとう、ノブちゃんにも、ワキサカさんにもその秘書の方にもお礼したい」とエリちゃん。

さすがに着払いはいやだというエリちゃんは発信元払いにし、リチャード・ベントンの秘書の方へのギフトを同梱《どうこん》して、フェデックスでアメリカへチケットを送り返しました。

ワキサカさんからメールがはいり、「お礼なんていりませんよ」と。

——そういう時は、お互いさまです。よかったですね、面倒なことにならなくて。こちらからも、ベントンの秘書の方にはお礼のメールを書いておきました。お礼なら、ネルソンに会ったら、お話してあげてください、彼はノブさんのファンなのです。ああみえても、けっこうナイーブな人ですから、たまに会ったら声かけてやってくださいね。

ワキサカさん、秘書の鑑みたいな人だ。

そしたらしばらくして、エリちゃんのところにリチャード・ベントンの秘書の人からカードが届いたと、エリちゃんがわざわざ見せにきてくれました。

『親愛なるエリさん、このたびはご丁寧にかわいらしい日本の小物をお贈りくださってありがとうございます。あのような失礼なことをエリさんにしたこと、ベントンに悪気はなかったと思います。

ただ私個人から言わせていただくなら、エリさんがあのチケットを手にしてもなお、渡米なさらなかったのは拍手喝采《かっさい》でした。なぜなら、他にチケットをお送りした日本女性はみなさん全員こちらにいらして、ベントンと熱烈な休暇をすごされたからです。エリさんの行動で、大和撫子たる日本女性はまだいると、胸をなでおろしました』

な、なんと、ほかにもそんなにたくさんチケット送ってたんか、あの腐れ男は!!

目をむいて驚く私にエリちゃん、「そうだと思った」って笑ってるけど、いや、それで終わらせていいのか、エリちゃん!!

しかし今回のことで、秘書って仕事の別の面を見たような気がした私。

陰の仕事だし、地味だけど、ワキサカさんもベントンの秘書の人も、上司は上司としてちゃんとたててる。

そういう意識、ない人ってけっこう多いんだよね。

今回は個人的なことで助けてもらったけど、こういう人たちがいて、同じ仕事してるってのは何かこう、安心した。ほっとした。

エリちゃんは、ベントンの秘書の人から贈られたカード、うれしそうにデスクのパーテーションにピンで止めていました。

表はね、とてもきれいなお花の写真なのね。

そんでもってその横にこっそり貼られているのは、あのめがねかけたドラえもん、サミュエル・ヨーから贈られたカードってのは、私とエリちゃんしか知らない秘密。

＊

その日、会議室フロアでケヴィンたちが会議してるっていうので、さくっと資料を届けた後、そのフロアのお手洗いに寄った私。

中にはいろうとした時、中から「だから、ハセガワさんってそういう人なわけよ」と声が聞こえてきたので、一瞬その場に止まりました。

どうやら中にいるのはふたり、別の部署の女性。

聞き耳たててる気はなかったものの、話しているのが私についてなのがはっきりわかっちやって、中にはいるわけにもいかなくなり、入り口のところで話を聞くともなしに聞いていたら。

「ノザワさんに男紹介したんだって」

「へえ、けっこうやるねぇ」

ノザワさんっていうのは、エリちゃんの苗字《みょうじ》。

私がエリちゃんに男紹介したって、いったい何の話？

「だいたい、帰国子女でアメリカの大学出てるっていったって、結局は父親の転勤でいってたってだけのことでしょ？　そんなのたいしたことないじゃない」

「そうよねぇ。でも、なんかそれ笠にきてるっていうか、そんな感じしない？　そりゃ、地元に何年もいれば、英語くらい上手くならないとシャレにならないでしょう。時々ニューヨークの話とか、自慢そうにしてるよね。なんか鼻につくんだ、あの雰囲気」

内容が内容だけに、ものすごく怒ってもいいと心のどこかで思いながら、でもあまりに見当違いも甚《はなは》だしい話に、かえって冷静になってしまった私。

人にはそれぞれ見方があって、それは本当に個人の自由なんだけど。

でも、どこをどうやったら、エリちゃんや私をそういうふうに見ることができるんだろう？

そこでふと、背後に人影を感じて振り返ると、なんと後ろにダイレクター秘書のミナさんが立っていた。

ミナさん、ちょっぴり笑いながら、人差し指たてて「しぃー」ってポーズ。

相変わらずお手洗いの洗面所から会話が聞こえてくる中でミナさん、私の横で彼女らの話に聞き耳たててる……。

「それに、たまたま自分の上司がオーレ・ヨハンセンと親しいからって、うまいことやろうとしてるってけっこう評判だし。ノザワさんとだって、そのあたりでの関係なんじゃないの？」

「ノザワさんも、けっこうしたたかそうな感じするしねー」

「上からの評価もいいってのも、けっこう裏があったりしてねぇ」

「いやだぁ、身体で点数稼いでまーすって古いことやってるとか？　くだらないわぁ」

そこで突然ミナさん、「あら、ハセガワさんもお手洗い？」と、私の横で声をだしたんで、びっくり。

もちろん中の会話もストップ、何もなかったように笑顔で出てきたふたり、顔見たらエリちゃんのデスクの近くにいるアドミの人たちでした。

ふたりの背中を見ながらミナさん、「気にしないことね」と一言。

え？　って言った私に、「あんなこと言われて、気分悪くならない人はいないでしょ？」と、少しお茶目な笑顔を浮かべるミナさん。

ダイレクターの秘書として、数年前に入社してきたミナさん。

私たちより年上の四十代、そして独身。

さっぱりした性格で、しかもきっちり仕事する人なので、安心して気持ちよくいっしょに仕事できる人だけど、普段個人的に話するってあまりなかったのですが。

「どうしてあんなこと、言えちゃうのかなぁ」と思わずぼやいた私にミナさんが一言。

「人はね、自分の価値観でほかも見るからね」

言ってる意味がよくわからなくて彼女の顔を見た私にミナさん、うふふってちょっと笑った。

「ああいう人たちは、結局自分たちが考えて行動する事を基準に、他人もそうするに違いないって見るから。自分にないものは、人って理解できないもの。自分には考えもつかないことってあるでしょう？　意地悪するにも、意地悪するなんて思ってもいない人は、どうやって意地悪するか、やり方なんてわからない。そういうものなのよ」

言われてみれば「なるほど」とは思うけれど、でもそんなふうに簡単に納得できるようなものでもない。

あの人たちが言ったことって、結局はまったくもって真実ではないし、でも彼女たちは明らかに「そうだ」って考えてる。

そういうもの、いちいち気にしていたらキリがないけれど、だからといってそのままにしてもいいのかなって思う。

「ああいう誤解、どうしようもないんでしょうかね？」

そう言った私に、「あら、あれは誤解じゃないわよ」とミナさん。

「あれが、彼女たちにとっては事実になってるんだから。あの話を鵜呑《うの》みにして信じる人は、物事をやっぱりそうやって見る人だろうし、逆に言った本人たちの常識疑いますって人もいるし、まったく興味持たない人もいる。あんなものは、放っておくしかないのよね」

うーーん、そうかもしれないけれど。

考えてみれば彼女たちと私、同じ会社の人間って以上の接点はない。

ないのに、あそこまで敵意もつってのも意味不明。

オタク生活と仕事しか人生にない私には、自分に関係ない人間のことまでいろいろ言う心理って全然わからないんだけれど。

「私なんて、もっといろいろ言われてるわよぉ。いい歳で独り者《ひと》で、誰からも相手にしてもらえなかったんだとか、中途半端なキャリア志向で留学したけど失敗して、仕方がないから秘書とかやってるんだとか。いちいち気にしていたら、キリがないわ」

「え。そんなこと言う人がいるんですか？」

思わず言った私に、「ほらね？」ってミナさんが笑って言うので、またしても「え？」って思った私。

「ノブちゃんはそんなこと考えたこともないでしょ。だから、そういうことを言う人にびっくりする。そういうものなのよね、人って。だから言いたい人には好きにさせるしかない。他人のこと、次元の低いところで想像していろいろ言う人のことなんて、気にしていたら身がもたないから」

さらっとそれを言ったミナさんだけど、そういうふうに気にしないでいられるようになったのは、いつ頃からなんだろうって思った。

女性の敵は女性ってよく言うけれど、同じ会社でいっしょに仕事している同性からそういうことを言われてしまうって、やっぱり気分良いものではないし、傷つくことだってあるはず。

ましてやそれが真実にほど遠いところでネガティブに捻《ね》じ曲げられているとしたら。

考えると、がっくりと気持ちも暗くなるけれど、ミナさんは本当にさらりとした様子。

ぐるぐる考えている私の横でミナさんは髪の毛を直しながら、「じゃ、先に行くわね」と、何事もなかったようにお手洗いを出て行きました。

何事にも動じず、我々を取りまとめながらタフに仕事している人と思っていたけれど、やっぱり器が全然違うなって、ちょっと思い知ったような気がしたのは、私がまだまだ未熟だからかな。

4

萌《も》えジャンルがなくなった日、それは我々にとっては死を意味する

タツオといっしょにたまにうちに来るようになったスギムラ君から、「ノブさん、今度クニタチが、札幌でナラハラさんに会うそうですよ」と聞き、驚嘆《きょうたん》した私。

アケミちゃんがクニタチ君と地元で会う??

それってどういうこと!!

思わず、スギムラ君の襟首《えりくび》つかんで、「どうゆうことよ!! え? 何それ!!」とかがくがくさせてしまった私、タツオの「ノブコ、暴力はやめておけ」との指摘に一瞬にして我に返り、冷静になってあらためてスギムラ君の話を聞くと、つまりはあの事件の後、アケミちゃんはみんなとたまにメールのやり取りがあって、たまたま仕事で札幌出張になるというクニタチ君をアケミちゃんがお食事に誘ったという流れらしい。

うーん、なんか恋の気配? とか、話を聞いてワクワクしている私に、タツオがまたしても冷静にツッコミをいれてきた。

「ノブコ、お前、おばちゃんが憑依《ひょうい》してるようだぞ。気をつけろ」

確かに、いくらアケミちゃんと私が日々毎日オタク萌えメールのやり取りをする仲とはいえ、こういうデリケートなことに私ごときが首をつっこむのはよろしくない。しかしあの事件の後、アケミちゃんとクニタチ君が連絡を取っていたっていうのは、なかなかよろしいことであるぞ。

腕組みしながら考える私の前で、スギムラ君がにこにこしながら私を見ている。考えてみれば私も今、自分の前で相変わらずエロゲーTシャツ着て、いまどきはやらない長い髪を後ろでくくっている男を家にあげ、しかも密室におこもりしてるわけだな。

いや、タツオもいっしょだけどさ。

もうすぐやってくるアサヌマ君ともども、彼らは結局私の家のタツオ部屋にイベント前日タツオといっしょに泊まりにくる常連となったわけだが、なんというか、そこには色気《け》も素《そ》っ気もあったものではなく。

彼らは毛布一枚あればそれでいいわけで、しかも仮にも女の私の家に泊まるってことに、一般社会常識以上に気を遣《つか》っていて、とにかく世話はかけない、迷惑にならない、きれいに部屋をつかうってのを徹底していたりします。

「泊まりに来るんだったら、鍵あげるよ」と言った私に、この三人は「そ、そ、そんなことはしないでください!!　司令といっしょの時以外は、僕らも控えますから!!」って、悲鳴をあげんばかりに辞退してくださったんだが……あとでそれを聞いたタツオに死ぬほど叱《しか》られたっけ。

彼らが言う司令ってのはもちろんタツオのことなんだけど、タツオはインターネットを通じていろんなグループや活動（もちろん全部オタク関係だが）に参加していて、あのなんぴとたりとも近づけない頭脳と、抜群の社会常識でもって他を圧倒しているそうで、いつのまにかタツオを中心とした部隊ができあがっている。まぁ、みんなは言わないけれど、あの恐ろしいほどの態度のデカさにも由来してると、私は思ってるんだけどね。

そしてその数は全国に数百人ともいわれているらしく、彼らはＭＬ（メーリングリスト）やら、メンバーオンリーの掲示板やらＳＮＳをつかってありとあらゆる情報を交換し、かつ活動しているらしい。

定期的に集会もやっていて、アサヌマ君から聞いた話によれば、熱海《あたみ》の旅館を借り切って一大イベント（あくまでも内輪でだが）を開催したこともあるそうで。

男が百何十人も集まって、いったい何をするんだろうかって考えると、何やらむさくるしさ爆発としか想像できないんだが、スギムラ君やクニタチ君みたいなのが百人単位で結集して、その旅館、大丈夫だったのかなぁって心配になってくる。

それだけいれば、その世界のスペシャリストってのもかなりいて、例えばコスプレ界ではファンクラブもあるほどの人気者とか、ガンダムの歴史をはじからはじまでソラでいえる男とか、線を見れば誰の原画かわかる男とか。もしくは、某有名電子機器メーカーの優秀な技術者とか、マサチューセッツ工科大学卒業の数学エリートとか、なんたら分子学者とか。

とにかく、そういう人たちが、なんでかしらんがただ態度のデカいえらそうなこのタツオのもとに集結し、日夜PCの前に座って深く暑苦しい交流を持っているそうなんだな。

もちろん、私がその中で知ってるのはほんのわずかなんだが、あの事件以来、スギムラ、クニタチ、アサヌマ君たちは、すでにディアマイフレンズとなっている。

タツオとスギムラ君が明日のイベントの準備にはいったので、私は部屋を出てリビングに戻り、早速アケミちゃんにチャット信号を送ってみた。

だってさー、黙ってられないじゃん。

――アケミちゃん、いますか？

――あ、ノブさん、こんにちは。

――あのさー、突然なんだけどさ、今日スギムラ君から聞いたんだけど、クニタチ君とそっちで会うんだって？

おおっと、アケミちゃん、沈黙しちゃったよ……まずい話題ふっちゃったかな。

――いや、ごめん、アケミちゃん、詮索《せんさく》する気はないの。

ただ、そういう話、聞いたからさ。

――いえいえ、ノブさん、私こそ、ノブさんに何も言わずにいてごめんなさい。

アケミちゃんの言うには、彼女はその後、時々三人組とはメールのやり取りとかしてて、たまたまクニタチ君が本当に仕事で北海道に出張に行くってんで、「だったら先だってのお礼に」ってことで、お食事に誘ったそうで。

いや、アケミちゃんはアケミちゃんだからして、そこにはあのエミリーのような意図がないのはわかってる。

――じゃあー、クニタチ君にうまいぼたん海老《えび》でも食わせてやんなきゃね!!

そう返した私にアケミちゃん「あの、ノブさん」と突然シリアスに。

――スギムラさんはそれ以上は何も言ってませんでしたか？

……ごめん、アケミちゃん、意味がわかんないんですけど？

――スギムラ君、ほかに何もとくに言ってなかったけど、何かあるの？

本当にしばらくの間、アケミちゃんからの返事がなくなっちゃったので、私ちょっとあせりだし、「ごめん、何かもっと大事なことあったかな？」とか書いたら、やっとアケミちゃんから返信が。

――ノブさんには正直に言います。

私、スギムラさんに北海道に来てほしかったんです。

その時そのタイミングで、いきなりスギムラ君が風呂場からでてきて、「すみませーん、風呂いただきましたー、ありがとうございましたー」って、髪の毛ふきながらでてきたもんだから、私ってば思わずノートPCの蓋、しめちゃったよ。

ちょっと待て、アケミちゃん。

それはあれですか、アケミちゃんはスギムラ君が好き★ってこと？

――あの時、みなさんに助けていただいて、ほんとに感謝だったんですよ。で、その後メールやり取りしていて、あの後もスギムラさんはずっと私のことを心配してくれてて。たまにですけど、襲撃はありませんか？ってメールくれてたり。あの時もスギムラさん、すっごくかっこよかったし。

うん、かっこよかったよ。

エロゲーのTシャツ着て、鶏《とり》のガラみたいにやせてて、長髪をゴムでうしろにくくってたけどね。

そこへ、「すみませーん、遅くなりました、お邪魔します」って、アサヌマ君がやってきました。

アケミちゃん、内容はともかく一晩彼らとすごして、このアサヌマ君じゃなくてスギムラ君に恋したってところ、君は勇者だよ。

アサヌマ君、スギムラ君と違って（ごめんよ、スギムラ）その姿は特撮のヒーローのごとくかっこいい。本気でマジ、かっこいい。

あの事件の後、周囲偵察してからやってきた彼見て、私は本気で驚いたほど。

しかも、GAPのシャツとか着てるし、チノパンツとかはいてるし、見てくれも普通だったのね。

「アサヌマ君って、すんごいモテるでしょ」って言ったら、「いえー、全然だめっすよ」っていいって笑った彼の笑顔には少女マンガ的に花がちりばめられて輝いていたんだけれど、実際よく話したら、こりゃ一般婦女子にはついていけない男ってのはすぐにわかった。

アサヌマ君、とにかくオタク話はじめたら止まらん。

しかもすんげぇ理屈派で、温厚なスギムラ君と寡黙《かもく》なクニタチ君じゃなかったら、ぶっとばすに違いないってほどにフッカケ野郎だったのね。

たいていは、タツオの「アサヌマ、座れ」の一言で終わるんだけど、顔がよくてもこれじゃあなーなんて思ってた私……でもさ、私やアケミちゃんにはとっても紳士《しんし》だったし、オタク話しなければ、ただの普通にちょーかっこいい男なんだもんね。

そのアサヌマ君を置いて、アケミちゃんがハートを射貫かれちゃったのは、スギムラ君なのかぁ。

なにかこう、胸きゅんだー。

人のことでも、ワクワクするなー。

結局私はアケミちゃんの胸のうちを聞いた後、ほんわかした気持ちでチャットを終えたんだが、ベッドにはいってからふと、この恋は果たして成就《じょうじゅ》するのか？　とか考えだし、そしたら止まらなくなっちゃった。

だってスギムラ君は東京の人。

しかも、熱く深く限りない地平の彼方《かなた》までオタク。

彼の世界は、エロゲーに彩《いろど》られ、彼の瞳はそこにいるキュートでまん丸な二次元のキャラたちでいっぱい。

その彼が、三次元の、しかも遠い札幌にいるアケミちゃんと、どう恋を成就させるんだよっ!!

別の部屋ですやすや寝ているだろうスギムラ君をたたきおこし、「えぇい!!　お前も北海道に行け!!」と気合一発いれてやりたいところなんだが、いや、私がクチを出していいことじゃないのは十分承知。

しかしあれだよ、スギムラ君。

こう言っちゃあなんだが、君のような男があのようなかわいい素直な女の子に惚れられるって、人生最初で最後かもよ。

さらにアケミちゃんは、スギムラ君の良いところをばっちり見てのフォーリンラブだしさ。

ああ、ちきしょー、全然関係ない自分がくやしい。

そうこうしてる中、何も知らないスギムラ君は、前日とは違うエロゲーTシャツを着て、早朝タツオとアサヌマ君と三人で出て行きました。

君のその無邪気な笑顔とエロゲーTシャツしか着ないセンスが、今の私には憎いよ。

その夜、タツオに電話してことのあらましを話したら、案の定一喝されてしまいました。

「ノブコ、ひとさまのプライバシーに土足であがるようなことをしてはいかん。お前はどうも、そこらのおせっかいおばちゃんの気性がまじっている」

でもさー、やっぱりほうっておけないじゃーん。

「だってこのままじゃ、スギムラ君、何も知らないまま終わっちゃうよ。アケミちゃんの気持ち、知るくらいいいと思うんだよね。そういうのを考えるのはおばちゃんじゃないでしょ、乙女心ってもんでしょ」

そういった私にタツオ、「俺は乙女じゃないから、そんな心なんぞ知らん」と一蹴《いっしゅう》……

つまんない奴。

もっとも、アケミちゃんもああいう性格だから、自分の気持ちなんておくびにも出さずにみんなとやり取りを続けていたらしいのだが、事態はクニタチ君が北海道に行ったことで急展開となりました。

クニタチ君がおみやげの六花亭《ろっかてい》のレーズンバターサンドを大量に買って帰ってきた日。彼は、それを持って私の家に寄っていったわけでありますが、当然のように、鍋《なべ》を用意してそれを待ち受けていたタツオと私、アサヌマ、スギムラの四名。

みやげをどさっとソファに置くとクニタチ君、「スギムラ、ナラハラさんがお前に会いたがってたぞ。よろしくって」とさらりとスギムラ君に言ったのであります。

きゃぁぁあああ!! と心で叫んだ私だが、隣にタツオがいたので動きがとれず、そのまま目だけで隣に座ってたスギムラ君をぎろぎろ見ると、スギムラ君、あの感じのいい笑顔のままきょとんとしてる。

その横でアサヌマ君が、あの輝く歯をきらめかせながらナイスな顔を苦悩させて、「ちきしょー、スギムラかよーっ!」って言ってる。

スギムラ君、そのアサヌマ君の言葉に、「え? 俺?」って言ってるわけだが、そこでクニタチ君、さすがとしかいいようのないフォローが!!

「うまい寿司《すし》、ご馳走《ちそう》になったぞ。いい子だよな、ナラハラさんって。会いたいっての、伝えたんだから確認の連絡、彼女にしとけ」

きゃあああああ、クニタチ君!!

君のその漢《おとこ》ぶりに、今ハセガワノブコ、惚れたわ!!

マジ、惚れた。

その横でアサヌマ君が、「け――っ、俺だって彼女のこと、いい子だなって思ってたのによー。くそー、鱈《たら》食うぞー、鱈、鱈食う!!」と鍋に箸をいれてる。

びっくりな状態で笑顔のまま固まってるスギムラ君なんだが、たぶん、想像を超えて予想もしなかった展開になってるんだろうなぁ。

その夜遅く、私は速攻でアケミちゃんに電話して、その時のことを話しました。

アケミちゃん、きゃあきゃあ叫んでいたけれど、いったい札幌でクニタチ君とどういう話したんだろうか。

「話って、普通にアニメとかゲームの話してたんですよ。クニタチさん、あまりしゃべらないじゃないですか。なので、スギムラさんとかアサヌマさんとかの話になって……そしたら突然クニタチさんが、『スギムラ、今度こさせるから』って」

げぇぇぇぇえ、クニタチ!! お前ってば、ユリ・ゲラー? (あとでこの話を聞いたタツオに、『ユリ・ゲラーはスプーン曲げる男だ』ってつっこまれた……)

あまりのことに驚いた私、深夜にもかかわらずタツオに電話しちゃいました。

もちろんタツオは起きていた。

そして事情を聞いた後、タツオ一言、「クニタチはかなりな男だからな」と。

「かなりな男?」と返した私に、「あいつはなりがでかいし目立つが、必要なことしかクチを開かん。だがあれで、細やかでいろいろ配慮する男なんだ。あいつは統率力はないが、兵隊としては優秀だぞ。あいつがいると、チームも引き締まるし、騒動も必ずおさまる。イベントで買えない同人誌はない」とタツオ……最後の一言はやや気になるものの、クニタチ君が相当な奴だってことはわかる。

しかしクニタチ君は、そういうんでいいのかなーなんて、私は思っちゃったりするわけですが、タツオはそこんところもはっきりと言いました。

「ナラハラさんとスギムラのことは、本気であいつなりに心配していたってことだろう。まぁ、あいつらしい、直球勝負な方法だったが、スギムラくらいにこのテのことに免疫《めんえき》がない男には、あれくらいやらんとだめだろう。あの後、スギムラにはとりあえずメールくらいは書いておけと言っておいたから、気持ちがあれば何かにはなっていくだろうさ。そうだ、クニタチにはガールフレンドがいるぞ。一度会ったことがあるが、どっかのブランドのプレスとかをやってる女性だった」

ハセガワノブコ、これほどに驚いたことはかつてあっただろうか、いや、ない、全然ない。

クニタチ君に彼女がいるってのも驚きだが、その彼女がそういう仕事ってのもびっくり。

だって、クニタチ君だよ？

身長190センチくらいあって、横幅もけっこうあって、キャラのキーホルダーをリュックにつけて、汗だらだらかきながらエロ同人誌に並びまくる、あのクニタチ君だよ？　でもさ、あの関取アリサたちの襲撃の時、まさに身体はって私たちを守ってくれた彼とか、今回みたいにさらりとすごいことをやってのける彼見てると、私ですら「男らしい……」って乙女のポーズで瞳きらきらなりそうだもん。

いやしかし、そこで残されたイケメン、アサヌマ君の立場ってものもな。

鱈、食ってる場合じゃないぞ、アサヌマ。

＊

ついに、年に一度の大残業ウィークがやってまいりました。

法務のレポートを会社に提出しなければならないわけで、その量とか内容とか、毎年やっているにもかかわらず、それに慣れるってことはありえません。一年間にかわされた契約内容をデータ集計してレポートするんだけど、量が量だから、大変。

この時ばかりは、さすがの私もオタクな生活をすべて捨てて、連日深夜残業。

八時頃になると、誰かしらがお弁当を頼んでくれて、それをみんなそれぞれのデスクで食べながら仕事。帰りはたいてい零時とかになっちゃうので、会社経費でタクシー使用となります。

ケヴィンは自分の部屋からほとんど出てこなくなり、ガラス越しにその真剣な表情が見て取れる。

隣ではヒサコさんが目を真っ赤にしてデータをグラフにしてるし、その上司のラモンにいたっては、すでにネクタイをひっぺがして仕事してたりします。

四半期ごとにこれやってるアナリストチームの人たちには申し訳ないけど、こんなのは一年に一度でたくさん。

なんたって、週末のイベントも毎日のアニメチェックも、この時期は完全に放棄。帰ったらそのままお風呂にもはいらずにベッドに倒れ伏し、朝寝起きの目をさますためにシャワー浴びて、そのまま出勤だもんね。

そんでもって、この時期ばかりは人手が足りず、派遣社員の人に来てもらって手伝っていただいたりします。

たいていは金融や法務に慣れた人に来ていただいているんだが、今年はなんでかわからんが、わけわかんないのがひとりまじってまして。

「何かやることありますか？」ってしょっちゅう聞いてくるんだけど、そもそも、やることはすでに法務秘書チームの長ミナさんが事前に書類を作っていて配布していたはず。

この時期だけ来ていただく方たちなので、業務深部に関わるものに触れていただくわけにはいかないから、例えばまとまった資料をコピーするとか、翻訳するとか、資料をまとめるとか、そういうことがメインなわけです。

しかしそのひとりだけ、いつのまにかデスクにいなくて、コーヒースタンドとかで別の部署の人たちと明るく歓談なさったりしてる……エリちゃんからの話だと、営業部《セールス》までも足をのばしているらしい……何やってんだよって正直思ってみてたけど、私も余裕ないから無視してたら。

最初にあの冷静なヒサコさんが、その女性が彼女のデスクの横を通った時一言、「うざい」と……ひーっ、ヒサコさん、怖いよ。PC画面から目も離さずに今言ったよ!!

けれどその人、全然気がつかなかったらしく、ヒサコさんのデスクの前に立って、「ヒサコさん、今日着てらっしゃるそのジャケット、アルマーニですよねっ!」って言ったもんだから大変。

静かに目線をPCから彼女に移したヒサコさん、しびれるような低音でおっしゃいました。

「あのね、仕事する気がないんだったら、出てって」

結局その派遣の女性、その日限り会社に来なくなりました。

他の派遣の人たちに聞いたら、「正直、私たちも迷惑していたんです。全然仕事やらないので、私たちが尻拭《ぬぐ》いしてばかりいたし……」とのこと。

ヒサコさんのあの一言で、ミナさんがすぐに派遣会社に電話、別の人をお願いした次第なのですが……ヒサコさん、いつもは冷静なだけに、怒らせたら怖すぎる。

巷《ちまた》では、氷の女王と呼ばれているのも納得する。

そして今日も十時を過ぎる……あああ、本気で疲れた。

しかし、締め切りまであと二日。

なんとしてもがんばらないと。

派遣の人たちは、遅くなっても夕食代でないし、深夜になってもタクシー代は出ないから、ミナさんは気を使って八時には帰っていただくようにみんなに指示していたんだけど、なかなかそう簡単に作業や仕事が終わるはずもなく、みんなくたくたになりながら仕事してる。

ちょっと気分変えようって、その日はデスクを離れてランチとったら、たまたまテラスでいっしょになったアナリストチームの派遣の人たちに声をかけられまして。

「法務はいいですよね、ちゃんと時間には帰してくれるから」と……え？　っと思ったヒサコさん、タマコさん、私の三人。

タマコさんが、「アナリストチームは違うの？」と聞いたら、その中のひとりが「うちは派遣でも深夜残業ありますよ。タクシー代もご飯代も出ませんけど……でもそうやってがんばって一年たてば、契約社員になれるっていわれてるので」と言い……我々三人「そうだったのか!!」とびっくり。

うちの会社もせちがらいなぁ。

オフィスに戻ると、ガラス越しに見えるケヴィンの姿、疲労しきってヨレてるんだが、私が元気だったらBL妄想のネタにして思いっきり盛りあがれるところ、残念ながら今の私は彼以上に疲れてヨレてます。

エツコさんがみんなの分、濃い目のコーヒーを社内にあるコーヒースタンドから持ってきてくれて、秘書チームと派遣全員にお菓子のマカロンまで配ってくれる……本当にうれしい。

こういう時は毎度、エツコさんの上司のトニーがポケットマネーで秘書チームや派遣の人たちに差し入れをしてくれるんだが、彼のそういうところ、すっごく素敵だと思うのね。

そしてこの時期は、あのオーレもここには来ず、ましてやエミリー一派も絶対に近づきません。

それくらいはみんな、常識をもって行動してるってことで……まぁ、当然といえば当然なんだけど。

金曜日朝、ケヴィンのところからあがってきた最後の資料を私と派遣の人で手直しして、データを追加して、ケヴィンに最終チェックしてもらい……「ノブ、サイトウさん、ありがとう。ダイレクターにまわしたから、今日は定時で帰れるよ」と部屋から出てきたケヴィンの言葉に、私と派遣のサイトウさんは万歳三唱でした。

隣ではまだヒサコさんがデータと格闘中。

その向こうでは、タマコさんと派遣の方ふたりが険《けわ》しい顔でなにやら相談中。

みんながんばってくれ!!

私は最初に脱出させてもらうぜ!!

連日の深夜帰りに、肌も身体もぼろぼろ。ついでに私、一週間分のアニメも大量にHDDにたまっていて、もう気が気じゃない。

ケヴィンはヨレたまま、オーレのデスクに遊びにいったらしく、気がついたら部屋にはおらず、メモで「時間になったら僕にかまわず帰ってね」とありました。

今日で終わりの派遣のサイトウさん、にっこり笑顔で「お疲れ様でした」なんていってくれるけど、あなたがいなかったらこんなに早くは終わりませんでしたよーってのは正直な気持ち。

いっしょに、午後三時になると社内に出店するコーヒースタンドに行き、ふたりでおいしいコーヒーをゆっくり飲みました。

「いいですよねー、金融業界ってこういうサービスがたくさんあって」とサイトウさん。

飲み物は基本的に水のボトルもこのコーヒーも無料。

うちにはないけど、もっと大きなところだと、豪華なカフェテリアがある会社もあるし、確かに金融関係の外資ってそういう意味では恵まれているかもしれません。

でもね、それってのは、社員をできるだけ外に出さないようにする策だって話。サイトウさんが前、仕事していたITの業界は、「会社に来る人が少ないんですよね。アメリカ本社が東海岸とかだと、こっちの深夜にしか向こうと連絡取れないじゃないですか。技術者の人とか、家で仕事ってやむをえずなっちゃう人も多かったんですよ」だそうです。

我々がスタンドの横のベンチに座ってそんなこんなしゃべっていたら、ヒサコさんがコーヒーを飲みにやってきまして。

「あー、ノブちゃん、サイトウさん、お疲れ様」って、あなたのほうが疲れてますよって感じのヒサコさん。

「出端で、全然お仕事しない派遣さんだったから、余波が今になってきちゃって、後から来ていただいた派遣のエグチさんにものすごく迷惑になっちゃってるの。今日中にあがるかわからないって感じでどうしようって思ってるんだけど……困ったよ」というヒサコさんに、サイトウさん「ハセガワさんがかまわなければ、私のほうはもう手があいてるので、よかったらお手伝いしますよ」と……ああ、やっぱりさー、できる人はこういうところから違う。

ヒサコさん、「え！　いいの!!」というので私、「ケヴィンはもうどっかいっちゃってるから、問題ないよ。良かったら私も手伝うし、言って」と言ったら、「ノブちゃん、タマコさんのところ手伝ってあげて。彼女のところ、数字の問題が発生してるらしくて、今、最初っから資料見直してるみたいだから。それでサイトウさん、悪いんだけどちょっとお願いしてもいいかな？　今、エグチさんが私の作ったデータをラモンのとあわせてもらってるところなので、いっしょにやってもらってもいい？　とにかく量が多くて」とヒサコさん。

サイトウさん、にっこり笑って「いいですよ」と言い、我々はエグチさんの分もコーヒーをもらってそのままデスクに戻りました。

結局私がその日家に帰ったのは、やっぱり零時を過ぎちゃった。派遣の方たちには、ラモンがきちんとタクシー代出るように手配してくれたし、よかったわ。

いや、こういう時はちゃんと仕事しないとねって思います。

週末はだらだらしながら、アニメのビデオを消化するのみ。

ヒサコさんはエステにいって心身ともにリラックスする予定だそうで、エツコさんは残念ながら終わらなかったので土曜日出勤だとか。なんとかあげたタマコさんは、早朝から温泉旅行と言ってました。

みんな、お疲れ様。

＊

ハセガワノブコ、なんていうか、自宅で料理こしらえてます。

で、うまく説明できないんだけど、私の横でアサヌマ君が野菜洗ってて、タツオがリビングテーブルに食器並べていて、コナツさんがフライパンからパスタを大きなお皿にうつしてたりしてます。

ことの次第はニーナのパーティの後、名刺はもらったが無視ぶっこいていた（ってか全然興味ない）私のところに、岡田@タイタス様からメールがはいりまして。

いやもうびっくりしたよ。だって私、メールアドレスも何も、彼に教えてなかったし。

そしたら岡田@タイタス様、ニーナに事情（事情って何だよ？）を話して私のメールアドレスをゲットしたってことを丁重に書き、非礼をわび、よかったらたまにメール交換とかしましょうってあったのでありました。

正直、岡田@タイタス様だったら電話のほうがいいわけでさ。

だって電話だったら、受話器の向こうからタイタスの声がライブで聞けるんだよーん。

で、ちょっとのやり取りがあった後、たまに岡田@タイタス様から私のところに電話がかかるようになった次第。

はっきりいって、話してる内容っていったらただの世間話とかお互いの仕事の話とかで、特筆すべきところは全然ないんだが、まぁ、いろいろ忙しく消耗することも多い岡田@タイタス様、気を抜きたいんであろうと推察する私だったりしてました。

んで、ある時岡田@タイタス様が、「バイファロスってそんなに人気あったんですか？」と私に聞いたもんだからさぁ大変。

そりゃね、興行成績から言えば失敗作だったわけです、当時。

地味なアニメ映画だったし、そもそも配給も大手がやったわけじゃないから、宣伝されたのはアニメ雑誌が中心。

でも、あのスタッフの名前を見れば、本気でアニメを愛する人間ならば感動のあまりひれふすほどで、しかもあの制作費の少なさであのクオリティって、ありえない話だったりしましたのよ。

都内でも数箇所の小さい映画館でしか上映されなかったけど、当時は熱いファンたちが何度も観に行き、その後はああいうアニメを作りたい!! って思って業界目指した人もたくさんでたほど。

脚本も演出も、作画も動画も、音楽も全部、製作に関わった人たちの手をとって、「ありがとう!!」って言いたいって思ったファンは山ほどいたわけです。

でも、そういう地味で興行成績が悪いアニメにありがちで、なかなかDVD化されず、人気の声優さんが出ていたのでメモリアルCDはでたものの、結局DVDとして発売されたのはつい最近。根強いファンがいたので、限定メモリアルボックスはあっという間に売り切れたわけですが、考えてみれば、声をアテたってだけの岡田@タイタス様はそんなことは知るよしもない。

「僕、脚本読ませてもらって、すごいいい話で感動したんですよね、あの時。でもなんか全然ヒットしなかったし、僕のプロフィールからも消されちゃって、公的には言わなくていいって話にされたから、ノブコさんがあんなに喜んでくれて大事に想っていてくれたのが意外だったんですよ」

岡田@タイタス様のその言葉に、「いや、バイファァロスを死ぬほど愛してる人はたっくさんいます。私のまわりだけでも、相当数います」って思わず言っちゃったわけで、結局話しているうちに、バイファァロス上映会を我が家でして、岡田@タイタス様をそれにお招きし、食事をしながらバイファロスについて語ろうということになったわけで。

しかしこれが決まった後、いったい誰に声かければいいんだよ？と考えた私。

だって、岡田さんは一応有名な人気俳優さんらしいし、やたらな人を呼んで騒ぎになるのは私も困る。

結局タツオに相談の結果、タツオ、アサヌマ君、コナツさん、スギムラ君、そして熱狂的なタイタスファンのオガタ君というタツオ配下の人たちが我が家に来ることとなったわけです。

オタクな男どもは、どこをどう押しても俳優の岡田さんってステイタスには興味なんか全然ないわけですが、女性メンバーを選出するにあたり、タツオがコナツさんを選んだ理由、それは「コナツ嬢は、口が固く常識をわきまえたディープなオタクだから、今回の会合のことを外部に漏らす可能性のない、最も最適な人間だ。しかも料理がうまい」というところ。

さすが料理上手といわれるだけあって、コナツさんははやめに材料持ってやってきて、私驚いた。

「ノブちゃん、これ下ごしらえしてきたんだけど、テールシチュー作るね。それから、みんなでつまめるように、ポテトフライも作るんで、申し訳ないんだけど、これでポテトをスライスして、このガーリックパウダーふってもらえる？　あと、サイドにパスタつけるんで、茹《ゆ》でてもらっていい？」

……なんか言語形態がいつもと違うコナツさんに、私もびっくり。

そんでもって、私がパスタ茹でている横で、ささっとそういうものを作っちゃうコナツさん、偉大だ。

夜になって、仕事明けの岡田@タイタス様が我が家にやってきたわけですが……さすが岡田@タイタス様、「みなさんにって思って買ってきました」って、麻布の有名なケーキ屋さんのケーキが山ほどつまったでかい箱を差し出し……ああ、すてき（ケーキが）。

シンプルに自己紹介しあうみんな、酒を差し出すアサヌマ君、席を勧めるコナツさんと、おだやかな始まり。

岡田さん、「あ、これ、みなさんにお見せしようと思って持ってきたんですよ」って袋から出したのが、なんと、バイファロスの設定資料と脚本!!

ごめん、岡田さん……この直後のみんなの狂乱ぶりに、驚いて固まるあなたをケアできなかったのは申し訳なかったでした……いや、もう私もみんなといっしょに叫んでたし。

アサヌマ君、「ちょっと待ってくださいよ!!　これってすんげぇ貴重品ですよ!!　いや――、生きててよかったっすよ!!　こんなの、見れると思ってなかったし!!」と叫び、コナツさんは興奮した声で「見てみて!!　ここに書き込みがあるわよ!!　これって、原画のホシさんの書き込みでしょ!!」と叫び、オガタ君にいたっては号泣……そりゃそうだよね、幻《まぼろし》の設定資料とまで言われたものだもの。

オガタ君、号泣しながら脚本をめくり、さらに涙を流し「司令!!　みてくださいよ!!　ここに監督の指示とか書き込みがありますよ!!　『抑え気味に／ゆっくりとしゃべる』って、このシーンでそういう指示がでてたんすか……あ、ここにも赤字で、演出の指示が!!」……オガタ君、気持ちわかるよ。

岡田@タイタス様、「そんなに喜んでもらえるなら、もっといろいろ持ってくればよかった」と言ったから、さぁ大変。

全員がいっしょに、「まだ何かあるんですかっ!!」って叫んだわけで。

岡田様、どうやらパイロットフィルムのデータまで持っているとかで、それを聞いたオガタ君は本気で天の神に感謝の祈りを捧げ、スギムラ君は珍しく語りが止まらなくなり、アサヌマ君は立ち上がって踊りだす始末。

当然、パイロットフィルム上映会を約束した岡田様、こんなんでも楽しいのかなぁと思って見ていたら、「いやー、なんかいいですよねー、こういう好きなものがいっしょの人たちと話すのって。仕事関係だと、どうしても思いっきりオープンになれないところがあるんですけど、なんか今日は僕、気楽に楽しんじゃってますよー」とまで笑顔で語ってくださり……ああ、タイタス様の声が喜びの言葉を……。

あらかた食べ物が消えた時点でコナツさんがキッチンに戻ったので私も行くと、コナツさん、岡田様が持ってきてくださったケーキを皿にとりわけ、どこだかの銘柄《めいがら》の紅茶をいれてデザートの用意……さすが。

リビングで盛り上がってる男どもをちらりと見たコナツさん、私のそばに寄ってきて小声で、「ノブちゃん、呼んでくれて本当にありがとう、いやぁ、眼福よぉ、今日は」とうれしそうににんまり笑いまして。

え？　何？　この思いっきり邪《よこし》まな笑いは……と思ってたら、「さすが、二枚目俳優の岡田さんよね。その横に、それに劣《おと》らぬアサヌマ君が並ぶと、思いっきり絵になると思わない？」とコナツさん。

「あのふたりのカップリングだと、やっぱり私的には、アサヌマ君がやんちゃ受けって感じなのよね。それを岡田さんが見守りながら、大事に大事に関係を育てていくって感じかしら？　でね、たまに我慢できなくなった岡田さんが、驚くアサヌマ君を押し倒しちゃうって設定で……うわ――、なんかこれで思いっきり五十ページはいけるわぁ」

……そうだった、コナツさんは同人やおい作家さんだったんだわ。

つまり腐女子。

この種の女子にかかれば、いかなる男も受け認定、攻め認定されて、なんの根拠もなくカップリング設定されるのはもう宿命となります。

加来さんもこのジャンルだけど、彼女の場合は耽美はいってて、いわゆる現実に攻め受け設定ありえないような話だからなんだけど、コナツさんが書いているのは、リーマン（サラリーマン）とか学校運動部とか、思いっきり普通にある設定で思いっきりホモ、しかもエロメイン……ってかエロしかないっていうか、つまり思いっきりBLな世界。

そうか、岡田様とアサヌマ君だったら、普通の一般女子だって目をうるませて喜ぶふたりだもんね、コナツさんのような腐女子にとっては、思いっきり「ご馳走様です！」な設定なんだわ。

しかしアサヌマ、あんたって、やんちゃ受けなんだってよ……。

何も知らぬアサヌマ君と岡田様（それに他男子三名）は、コナツさんの邪まな思惑も知らず、楽しそうにじゃれあっておりますが……次回のイベントは、岡田×アサヌマ妄想の話で新刊が並ぶんだわ。

もしかしてタツオってば、コナツさんのこういうところまで見抜いて、今日呼んだのかな？

普通だったら岡田さんほどの有名人、騒ぎまくって不用意にプライベートにまでつっこみたがるのが女の習性だけど、オタクでしかも腐女子なコナツさん、岡田さんほどの男前にしても、あくまでも腐女子たる眼でしか見ていないっていうか。

しかもあれだ、岡田さんの存在そのものが、コナツさんの新刊につながるし。

笑顔でケーキをみんなのところに持っていったコナツさん、岡田さんに「ここのケーキって、いつもすごく並んでいてなかなか買えないんですよね」って言ってますが……いや、心は絶対腐女子のままだ。

何も知らない岡田さん、「僕が並ぶわけにいかないんで、スタッフの人にお願いしたんですけど。持ってきた甲斐があります」と、これまた極上の笑顔をコナツさんに向けてます。

そこに恋はないんだが、たぶん一般人にはわからぬ違う愛があふれてるんだよね……コナツさん。

岡田さんはその日、ものすごぉく楽しかったらしく、私へのメールにもしばらくそのことばかり書いてきて、次回のバイファロス上映会も絶対実現させたいと熱く言ってたりしますが、一番の驚きはなんと、岡田さんとアサヌマ君が熱い友情で結ばれたってところで、ふたりは時々電話でいろいろ話しちゃったりする仲になったらしい。

アサヌマ君のあのうるさいほどの語りにつきあえる岡田さんって、いったいどういう人なんだよ？　と思うのだが、ビジュアル的にはあまりにも麗しいし、岡田さんにとっては仕事関係以外でできた大事な友人ってことらしく……いや、どうやら友人ってカテゴリーには私もはいってるらしいんだが。

それを聞いたコナツさん、「ノブちゃん、漏れこぼしなしで、ネタ提供してちょうだいね」って、これまた熱い邪まなメールを私に寄越しました。

アサヌマ、君は何も知らないと思うが、次のコミケには、君がモデルになってる男が「そんなことしないでください……ああ、やめて……お願い……ああ……」なんて言いながらもだえまくって男に組み敷かれる小説が、少なく見積もっても三百冊は世の中にでまわるのよ。

コナツさん、けっこう人気の同人作家だからして。

コナツさんのやおいはかなり激しい描写が売りだし、そこらのソフトなBLとか吹き飛んでしまうようなものがメイン。なんたって、コナツさんが書いたもので一番の人気作は、伝説の鳶《とび》職人攻め、エリートサラリーマン受けの、年齢層めちゃくちゃ高いムサ苦しいほどにリアルなガチ男描写、さぶ（本当のゲイ雑誌）も真っ青のマッチョなBL小説だったりするんだ。

そのコナツさんがあの日帰る時に、「ノブちゃん、なんか今日から思いっきり筆が走りそうな気がするのー。ちょっといい感じに、新作できそうな気がするわー」ってうれしそうに言ってた。

個人的にコナツさんの小説のファンな私としては、その新作は楽しみなんだけど、モデルな本人たち知ってるだけに、読みながら岡田さんの顔とかアサヌマ君の顔とか、当然浮かんでくるでありましょう。

岡田さんもアサヌマ君も、自分がそんな人の餌食《えじき》になってるなんて、一生知らずにすごすんだろうなぁ。

＊

その日は金曜日で、もちろん私は何も予定なんぞいれずに、さくさくっと家に帰り、七時から放映のアニメをライブで観る予定だったりしました。

一応週末だし、帰りに三越《みつこし》とか寄ってちょっぴり豪華なお弁当なんか買ったりして……もちろん、食べながら観るというお行儀の悪い自分なんだが。

浮かれた気分でマンションの前に到着し、入り口のセキュリティロックを解除しようとしたその時。

「ハセガワさぁん、久しぶりぃ〜」

後ろから聞こえたその声に驚いて振り返ると、そこには忘れもしないあの関取アリサが。

びっくりしすぎて固まっちゃった私の前に、関取アリサといっしょにあいも変わらずなゴスロリなエリスと周囲の空気の色がすでに真っ暗なマミがするするっとやってきて、「待ってたんだよー。明日、私たち、イベントがあるからさー。この間のことは許してあげようってみんなで話して、ハセガワさんとこ、来てあげたのー」と笑顔で言ったわけで。

ハセガワノブコ、脳みそが固まりましたよ。

彼女たちが何言ってるか、全然理解できない。わからない。

しかし奴らはそんな私に全然まったく頓着せず、「みんなで来てあげたからさー」とか言ってる。

え。

みんなって誰？

驚きのあまりさらにどんぐり眼《まなこ》になった私の前に、横の茂みからふたりの男が……って男ですか!!!!!!

　痩《や》せこけたものすごーく貧相で暗い感じの黒服着た長髪の男と、これまた関取並みに肥えたでかい男のふたり。

　テイストはスギムラ・クニタチペアと同じだけど、それとはまったく違うのは、もうダークフォースとしかいいようのない底知れぬ暗いオーラがそのふたりからムンムンと発散されてるってとこで。

「ナック君とエド君だよー。彼らは大阪と四国からわざわざ来てくれたんだよー。明日のイベントにはいっしょに参加する予定だから、だったらみんなでハセガワさんとこ、泊まればいいじゃんってなったからさ」ってアリサ、この世のいったい誰がそんなこと、本人に無断で決めるんだよっ!!

　本気で脂汗と冷や汗がでてきた私、そうだ!!　管理人さんを呼んで!!　っと思って管理人室を見たら、そこには貼紙が。

　そうだった。管理人さん、昨夜から体調が悪いってんで、今日は娘さんのおうちに行くって今朝貼紙してたんだ……何かあったらセキュリティ会社に連絡してくださいって言っていたけど、その連絡のボタンは管理人室の入り口にある。

　マンションのエントランス外にいる私があれに触れるのはミッションインポッシブル。

コンマ数秒の間にいろいろ考えてる私をよそに、アリサたちはきゃあきゃあ言いながら、「早くお部屋にいれてよぉ、ずっと待ってたから疲れちゃったよねー」って言い合ってる。

冗談じゃないよ、なんでお前らを部屋にいれなきゃいけないんだよ。

頼みのタツオは今晩スギムラ君を伴《ともな》って、オタクキング岡本《おかもと》さんとマニア王駒留《こまどめ》さんのトークショーに行ってて不在。

クニタチ君は、今週ずっと韓国《かんこく》出張だし。

増殖して襲撃かけてきたアリサチームに、私ひとりで対応できるわけもない。

本気で額《ひたい》に脂汗が流れてきた私の脳裏に浮かんだのは、アサヌマ君の顔。

最初の襲撃の時現場にはいなかった彼であるけれど、タツオが召還《しょうかん》したメンバーであるからして、なんらかの対応策を持っているに違いない……そうだ!! アサヌマ君に連絡をしよう!! と思った私なんであるが。

ダークフォースにまみれた人々のど真ん中で、どうやって彼に電話すればいいの？

今、セキュリティの扉をあけてしまえば、奴らがマンションの中にはいっちゃうのは必至。

となれば、とりあえずこの場から逃げ出して、なんとかスマホでアサヌマ君に連絡を取るしかない。

そう思った私、ワイワイ騒いでいる奴らの一瞬の隙《すき》をついて、脱兎《だっと》のごとく駆け出した。

とにかくどこかで電話しなきゃ!!

そう思ったんだけど……。

会社の帰りでヒール履いていたんだよね、私。

もともとオタク生活で筋力なんてまったく鍛《きた》えてないうえにヒールって、短距離走の選手が「あなた、それでも走ってるつもり？」って鼻で笑いそうな走りしかできず。

「逃げたわよ!!」って関取アリサの叫びに、予想を超えた早いリアクションを起こした男二人が、ものすごい勢いで追いかけてきたわけで、たぶん私はその時、とってもパニックしていたんだと思います。

いや、これでそうならない人がいたら、すごいけど。

走りながらスマホ取り出して、そのままアサヌマ君にダイヤルしましたよ、えー、もう命がけ。

「た、助けて、またあいつらが襲撃………きゃ―――――っ」

最後のきゃ―――っは、男二人が私の腕をつかみ、そのまま押し倒して羽交《はが》い締めにしてきたから。

ハセガワノブコ、人生はじまって以来最大の危機。

「アリサちゃん、つかまえたよ」という男にアリサ、ふくらんだ顔をさらにふくらまして、「まったく失礼な女だよねぇ。せっかく私たちが許してあげてるのに、まだそういうことするの？」と、羽交い締めにされて道路におしつけられた私に言いました。

こういう時に限って誰も通らないこの道……どうしたらいいのか、もうわからない。

「エリスちゃん、ハセガワさんのバッグの中見て。鍵はいってるからさ。こっちで開けて、中にはいっちゃおうよー」

アリサのとんでもない指示に、エリスが私のバッグをひったくって、中身を道路にぶちまけ、先シーズンに大人気だった「ムーンキャリー」ってアニメのキャラがホルダーになってる鍵の束をそこから拾いました。

エリスから鍵を受け取ったアリサに、マミが笑いながら「アリサちゃん、やっぱりさー、ちゃんとお仕置きしておいたほうがいいんじゃないの？　だって、私たちにこういうことするの、この人二度目だしさぁ」って言った時、私は本当に本当に真剣に、恐怖のどん底に落とされました。

タツオが話してくれていた以上に、こいつらは危ない。

話が通じないとかわけわからんとか、そういう意味以上にものすごい危ない人たちなんだ。

スマホは腕をつかまれた時にどっかにふっとび、私は身体を強く打ったらしく、あちこちが痛い。

コンクリートに押し付けられた頰《ほお》が、ヒリヒリする。

くやしいのと怖いので、本気で涙がでてきた。

でもどうすることもできない。

マミが私の顔をのぞきこんで、「やだなぁ、泣いてるよー。そんな泣くくらいなら、さっさと部屋にいれてくれればいいじゃん」と笑いながら言うと、アリサが「いいよぉ、マミちゃん。部屋はいったら、ばっちり反省してもらえばいいんだから」って、これまたげらげら笑いながら言い……どうすればいいんだろう。

ぐるぐるする私なんであるが、押さえ付けられたまま、五人も相手にするなんて絶対無理。

でも、このまま部屋にはいったら、本当に何されるかわからない。

痛みと混乱と恐怖でぽろぽろ涙こぼしている私を、男二人が無理矢理立たせてマンションのエントランスへひきずるようにして連れて行き、私、ああ、もうだめだって絶望的な気持ちになった……その時突然、ものすごい勢いで一台の車がやってくる音が。

「お前ら!! ノブさんを離せ!!」

我々の背後で男の怒鳴り声。

え?……タイタス様の声??????????

そう思った瞬間、私の身体を押さえ込んでいた男二人、「うわ!!」ってな声をあげて、しゃがみこみ……見るとそこには手刀の構えのアサヌマ君が。

そして、ナックって呼ばれたデカい男の腕をねじあげている岡田ハルキその人の姿。

ハセガワノブコ、今、なんか別な方向でびっくりしてるんですけど。

「そこの女、さっさとこっちきて鍵返せ」とアリサに向かって叫んだアサヌマ君、いつもの彼とまったく違う様子に私が驚いちゃって固まったんだが、はっきりいって超ドスきまくってて凄まじい迫力。

ものすごいハンサムな顔でこのドスのきかせかた、はっきりいってこれでビビらない人間はいないってな感じなんだが、さすがアリサ、「何言ってんのよ。あんたたち、何者? 私たちはハセガワさんの友達なんだから。邪魔なのはあんたたちでしょう!!」と叫び、マミとエリスもあきらかに戦闘の構え。

しかしアサヌマ君はいつものアサヌマ君ではなかった。

「さっさと鍵を返せ。ナメんじゃねぇぞ。叩きのめされたいってんなら、遠慮しねぇからな」

アリサたち、あきらかにマジぶっとんでるアサヌマ君の言葉にひるみ、そして岡田さんが押さえ付けてる男と横で腕を押さえてうめいている男を見つめ……そこにすかさず岡田さんが「もうすぐ警察が来る。黙ってそこに立ってろ」と、これまたドスのきいた声で言ったもんだから、おずおずと鍵をアサヌマ君に差し出しました。

腰が抜けて座り込んだ私の耳に車が止まる音がして、ばたばたとおまわりさんたちが走ってくる姿が見えると、押さえていた男を放した岡田さんが私の前にしゃがみこみ、「ノブさん、大丈夫ですか？」と私の顔をのぞきこみ。

ああ、私ってば、そこであろうことか、岡田さんその人にしがみついて、声をあげて泣き出してしまった次第。

あまりに気が動転してわけわかってなかったんだが、もしかして岡田さんてば、そっと抱きしめてくれて、背中なんかなでてくれてたりしてた？？？

いや、してたよ……うひゃあああ。

少し落ち着いてきてから見ると、パトカーの横に止まっているのはなんか外車でスポーツカー。

その時の私、そこまでしか状況把握《はあく》できず。

「骨とか大丈夫ですか？」と私の腕を取ったアサヌマ君とおまわりさんをぼーって見つめるのが精一杯。

「こりゃひどいなぁ」とつぶやいたおまわりさんが、すぐに救急車を呼んでくれました。

混乱したまま、やってきた救急車に乗った私にアサヌマ君がつきそってくれることになりましたが、岡田さん、へたってる私の肩に手をかけ、「もう大丈夫ですからね。僕、これから仕事でこれ以上いっしょにいられないですけど、アサヌマがいっしょに行ってくれますから。あとで、連絡いれますから、何かあったら言ってくださいね」と言って、救急車が走り出すまで見送ってくれました。

担架《たんか》に横になった私にアサヌマ君、真剣な顔で「司令のスマホにメッセージ残しておきましたから、見たらすぐに病院に来てくれると思いますよ」と。そのアサヌマ君に私、「電話、聞いてくれたんだ。あれでわかったんだ……」とつぶやくとアサヌマ君、「ノブさん、岡田さんのスマホにかけたでしょ。岡田さん、電話聞いて『アサヌマ、襲撃ってなんだ！』って叫んだから、俺すぐに事情がわかって。いや、俺ら、ちょうど岡田さんの知り合いの店でメシ食ってたんですよ。なんで、そのまま岡田さんの車でここまで走ったんですけど、やばいほど飛ばしました」って、え……私、岡田さんのスマホに電話したか？

そうか。

『ア』はアサヌマ君しかはいってなくて、次が『オ』で岡田さんなんだわ、私のスマホのメモリー。あの時、アサヌマ君に電話したつもりで、次にはいっている岡田さんに電話してたんだ、私。

岡田さん、そりゃびっくりしただろうなぁ。

病院に行ったら、顔から腕から足からあっちこっちにひどい擦過傷《さっかしょう》と打撲《だぼく》があり、とくに顔は転んだ挙句にコンクリートに押し付けられたせいで紫に腫《は》れあがってて、右足をひどくひねっていたらしく、結局その晩は入院することとなりました。

自分でもわかっていなかったけど、相当にショックだったみたいで、発熱しちゃった。

途中、岡田さんからアサヌマ君のスマホに電話がはいり、私も少し話しまして。

岡田さんの声から、ものすごく心配してくれているのが伝わってきて、本当にありがたく思った私。

「二日間ロケなんでそっち行かれませんが、東京戻ったら様子見にいきますから」とまで言ってくださり、タイタスなあなただけに萌えていた私を許してくださいって気分になりました。

十一時すぎて病院にやってきたタツオとスギムラ君、包帯だらけの私に本気でびっくりしたみたいだったけれど、アサヌマ君から事情を聞き、ちょっと安心した様子。

「気を抜いていたな。よもやこんなにたってから、再襲撃かけてくるとは思っていなかった俺もうかつだった。途中でスギムラが調べたんだが、明日、国際産業《こくさいさんぎょう》センターで乙女系萌えゲーのオンリーイベントがあるそうだ。奴らはたぶん、それのために上京してきたんだろう。一応こっちから、イベントのスタッフに連絡いれておいたが、警察のほうでも今回は厳しく対応してくれるはずだ」

次の日、迎えにきてくれた母に連れられてなんとか家に戻った私。

ついてきてくれたタツオに、「岡田さんとアサヌマ君、すんごいかっこよかったんだよ。なんかあっという間に奴ら、押さえ付けちゃってさ」って言うとタツオ、「お前、知らなかったか？　アサヌマは、俺らのチームでは最終兵器って呼ばれている男なんだぞ」と。

なんですか、それ？

「アサヌマは中学時代、手のつけられない暴れん坊な奴だったそうだが、奴のあまりの無謀《むぼう》ぶりに空手の師範やってる叔父さんが叩きのめし、その後その叔父さんのもとで空手習っていたんだ。高校時代には全国大会で優勝もしてるし、海外遠征もしてるぞ。あいつは普段ただのオタクだが、戦闘モードにはいると誰よりも強くてしかもほぼ無敵だ。いっしょに風呂にはいった時、右肩にあるすごい傷みせてもらったが、刃物もった相手とやりあって奴も大怪我したが、相手を瀕死《ひんし》の状態にしたらしい。今はもう滅多《めった》なことでは発動しないがな。だから最初の騒動の時に奴に召還かけたのも、最悪の事態を想定してのことだったんだが」

ア、アサヌマって、そんなに過激な奴だったの？

「そういえば岡田氏も合気道十五年くらいやってて、今でも鍛錬《たんれん》かかしていないと聞いたぞ。お前、自分の家でみんなが話していること、何も聞いてなかったのか？」

すみません、全然聞いてませんでした。

そうか、あのドスのきかせかたは、伊達じゃなかったんだね……。

いや、ただの顔がいいだけの暑苦しいオタクと思ってたら、隠しモードがあったなんて。

ごめんよ、アサヌマ、今まであなたのことを徹底的にみくびってました。

そんでもって岡田様。

タイタス様だけでも十分萌えだったけど、今にして思えば、あの時のあなたはヒーロー、王子様でありましたよ。

RPGゲームでアサヌマと岡田様をチームにいれたら、無敵であろう。

そして後で警察の人から聞いた話なのであるが、なんとアサヌマが一発お見舞いしていたナックとかって男、肩が脱臼《だっきゅう》していたんだそうです。

一瞬でそれをやったアサヌマ、まさに最終兵器にふさわしい危ない奴だったわけで……

いや、普通でも、あのトークで十分ヤバイ奴ではあったんだが。

＊

数日休んで会社にいったら、あっという間にみんなに囲まれた私。

会社では「暴漢に襲われた」って話になっていて、包帯まいて片足ひきずり、あっちこっちに悲惨な擦過傷が生々しい私の姿は、思いっきりみんなの注目の的になっちゃった。

暴漢っていうと聞こえはいいけど、レアでイカれた押しかけ厨の襲撃にあったって、これまた特殊な体験の結果なわけで、そんなことは会社の人々には言えるわけもない。

ケヴィンなんて、私の顔や腕とかに縦横無尽《じゅうおうむじん》に走ってる擦過傷見て蒼白になるし、なんでか知らんがすっとんできたオーレは、根ほり葉ほりいろいろ聞きまくってくる。

「ノブ、無理しないでもっと休んでいていいんだよ、ああ、もう見るだけで僕まで痛くなってくるよ。そんな怪我させるなんて、いったいその人たちは何をしたかったんだ？」とオロオロしながら言うケヴィンに、「イベント前夜にお泊まりしたかったんだってよ」とはさすがに言えず、しようがないから、悲しそうな顔して下向いてみたり。

「いったい何の目的でそこまでひどいことをするんだ!!　許せん!!　俺がそこにいたら、そんなことは絶対にさせなかったのに!!」って、なんか意味不明なこと言って怒ってるオーレには、「だから、イベントのためだって」とも言えず、やっぱり悲しげな様子で目を伏せてみたり。

真実を言うことができないって、こんなにつらいものだったのかと、しみじみ思った。

そして昼休み、エリちゃんとヒサコさんと三人で、出張中でいないラモンの部屋にこもり、真実を話すことに。

あまり動けない私にかわって、エリちゃんが歩いて十分ほどのところにあるアメリカ風サンドイッチの店で、おいしいチキンサンドを買ってきてくれました。

で、私がオタクってことを完全版で知ってるふたりには、事の仔細《しさい》をお話しした。

厨房なんて存在など露《つゆ》とも知らないエリちゃんは、話を聞いて恐怖のどん底に陥《おちい》り、「オタクでもそんなことする人いるんだね。怖い……犯罪者だよね、それ」と涙目で言うほどであるが、相変わらず冷静なヒサコさんは、「そりゃ災難だったわねぇ」と言いながら、おいしそうにローストビーフサンドをほおばってる。

この人の動じなさってのは、たぶん突然宇宙人が来襲しちゃったり、いきなり救世主が降臨しちゃっても平気のへいざってなくらいのもので、きっとそんな時でも冷静に対応しちゃったりするんだろうって感じがするな。

そのヒサコさんが、コーヒーのカップ片手に、「でもあれね、その救いの主がかっこよすぎよね」と一言。

「私だって知ってるわよ、俳優の岡田ハルキ。人気のドラマで、江田順子《えだじゅんこ》とかとも共演してるし、CMにもけっこう出てるのよ。この間は雑誌の〝抱かれたい男〟で、堂々二位だったしね」

江田順子って誰？　ってエリちゃんに聞いたら、「今、二十代三十代に一番人気のある女優さん。ほら、ノブちゃん、お茶の宣伝で天女の格好していた人だよ」って言うんだけど、全然知らない。

いや私ってば、アニメ以外のテレビって見ないから。

ふたりがアサヌマ君の顔も見たいというので、スマホで撮ったバイファロスオフ会の時の写真を見せるとヒサコさん、「うわあああ、すんごい美形じゃない!!　岡田ハルキと並んでもひけをとってないわー」って驚いてる。

まー、顔だけ見てればね。ヒサコさんだって、アサヌマ君のあの超暑苦しいオタクトーク聞いたら、奴の顔の良さがどれほどマイナスかよくわかるでありましょう。

「こんな人たちに助けられたなんて、ノブちゃんたら、すごい経験ダブルでしてるわね」

そうかー。ヒサコさんほどの人が見ても、そんなにすっごくイケてる男たちなわけだ、岡田さんとアサヌマ君は。

そしたらそこでエリちゃんが一言。

「思いっきりフォーリンラブなシチュエーションだよね」と……フォーリンラブ？？？

「だって、あれでしょう？ 泣きじゃくるノブちゃんを、岡田さんがそっと抱き寄せてなだめたんでしょう？ もう、ドラマ顔負けだよね……うわー、なんかすっごくときめく!!」ってエリちゃん……あなたがときめいてどうすんだよ。

「そうよ、その通りよ。男ふたり、車ぶっとばしてすっとんできたんでしょう？ しかも、この顔で相手を叩きのめしたって、もうまるでドラマよ。マンガよ。すごい話よ。そこで恋に落ちなきゃ女じゃないわよー」

ヒサコさんが、本気ですっごく楽しそうに言ってるんだが……恋に落ちなきゃ女じゃないって、全然恋に落っこってない私ってば女じゃないじゃん。

しかも、どこをどうやってどっちに恋に落ちるのかもわからないよ。助けていただいたことがメインなんじゃなくて、襲撃されてひっつかまれて、道路にすっころばされて、部屋に乱入されそうになったってところがメインなんだってば。そりゃ、顔だけ見れば、そりゃもう百万人のアイドルとそれに匹敵《ひってき》するルックス持つ男だろうけどさ。

あきれる私の両側で、エリちゃんは「私、やっぱり岡田さんがいいなぁ。泣いてるノブちゃんを抱き寄せて……なんてもう、滅茶苦茶素敵じゃない!! テレビまんまでしょう!! ドキドキするわぁ〜」ってきらきらしてるんだが……あんたには、メガネかけたドラえもんがいるじゃないか。

そうかと思うとヒサコさんはヒサコさんで、「私はこのアサヌマ君って子がいいなー。普段はただのオタクで、でも実はすごい強いって、その意外性がなんかときめくじゃない？ しかもこれほどのイケメンで、邪気ない様子だし……すごくいい」って、本当のアサヌマ知ったら絶対言えないようなことを並べてる。

心の中で私、「おまえら、そこには電車の座席二つ三つはひとりで軽くカバーするほどでかいアリサとか、おぞましいほどにゴスロリが似合ってないエリスとか、貞子《さだこ》も真っ青なほどに根暗オーラ炸裂のマミとか、そっちがメインキャラなんだぞ。しかも、君たちが普通に考えるような超イケてなくて気持ち悪い系のオタク男たちが、ふたりも登場するんだからっ」と思わず叫んだわ。

あの時の私の立場に立ったら、そんなときめいている暇《ひま》なんぞないこともわかるだろうに。

本当に怖かったし、今でも怖い。

今でも家に帰る時、あたりをうかがいながらそろそろ歩いてしまうほどに、怖い。

思わず、腕に巻かれた包帯をさすってしまったのであるが、それを見ていたヒサコさん、「ああ、ごめんね、ちょっと悪乗りしすぎちゃった」と言いまして。

「まぁ、あれよ。ノブちゃんは、そういうドラマみたいなシチュエーションで、かっこいい男たちに助けられたことに何も意義とか価値とか感じてないから」

「え？　意義とか価値って何？」

思わず聞いた私にヒサコさん、うふふふと笑いながら、「普通の女の子が聞いたら、それはもう、嫉妬《しっと》と羨望《せんぼう》と妬み妄想と想像の領域に突入ってことよ」と言いました。

全然まったくさっぱりわからない私に、横にいたエリちゃんが「あー、それ、ノブちゃんにはわからない世界よ、ヒサコさん」と。

「世の中にはね、ハンサムな男にそういうことされたい人や、アサヌマ君や岡田さんみたいな男とお近づきになりたいって女の子がわんさかいるの。で、そういう人たちは、ノブちゃんがどんな怖い想いしたとか、ひどい怪我したとか関係なく、ノブちゃんのことをうらやむわけ」

えー!!

うらやむって、岡田さんは人気俳優だからわかるけど、アサヌマ君はただのオタクで、

「ノブちゃん、嫉妬と羨望と妬みはただの思い込みと妄想から始まって、自分勝手に育っていくものなのよ」

ヒサコさんの言葉に、エリちゃんがうんうんとうなずいてる。

「ノブちゃん、知らないでしょ。社内で、ノブちゃんのことうらやましがってたりいろいろ言ってたりする人がいるってこと」

エリちゃん、そういうけど、私のことをとやかく言ってる人がいるのは知ってるよ。

この間も、トイレの前で聞いちゃったし。

そういったらエリちゃん、それとはまた違うわよと真面目に言うので、私ってば驚いちゃった。

「普段、ケヴィンやオーレと楽しくやってるとか、彼らの自宅に呼ばれてるとか、あと二

ーナ・フォルテンと親しいとか、そういうのをすっごく妬んでいる人たちがいるってことよ」

エリちゃんのその言葉にヒサコさんが、「つまりはね、そういう人たちは、ノブちゃんが普通にしていることをとっても欲していて、自分がそうありたいって思ってるわけ」と解説してくれました。

「ノブちゃんには、普通のことだったり、特別な意味を持つものじゃなくても、その人たちにはスペシャルなことなわけよ」

む、難しい。

ニーナと親しいのが、何でそんな嫉妬と羨望の対象になるのか、さっぱりわからない。

ニーナと私は、本当に学生時代からのつきあいで、あの天然ボケかました性格についていかれた人間がたまたま私だけだったってだけで、日本ではそりゃ目立ってるけど、それは私と全然関係ない。

ケヴィンやオーレだって、会社での関わりがあるからこそで、私にとってはそれ以上でもそれ以下でもない。

何しろ私の人生のメインは、オタクとオタク友達だから。

アニメとマンガと声優とゲームが、私の人生にあればいい。

そこに、迷いも疑問もない。

でも、ヒサコさんやエリちゃんが言うことから考えれば、そういうのを自分の人生のメインに据えたいってぎらぎらしている人たちがいるってことなんだな。

私ってば、オタク生活以外どうでもいいし、オタクがらみじゃない人間は基本、どうでもいいので、そういう世間のことにすっごく疎い。

「面白いのはね。例えば、エミリーは今回の件について、なぁんにも感じないわよ。相手が外人男じゃないから。エツコさんは興味持つタイプだけど、今は自分の結婚で超ハッピーだからこの話は耳にもはいらないでしょう。タマコさんもすっごく興味持つと思うけれど、彼女はそういうネガティブな方向にいかない人だから、言ってもふたりに会わせて!!ってなノリだと思うわ。怖いのはね、それをネタに近づいてくるような人たちね」

ヒサコさん……何、その冷静かつ明晰な分析は。

「でも、そんなんで近づいてくる人なんて、いないけどなぁ」

私が言うとヒサコさん、「気がついていないだけよ。ノブちゃん、そういうところ、すっごく鈍いから」とあっさり。

「ノブちゃん、あなたのそのオタク関連以外への興味のなさと鈍さって、時にある種の人たちの神経を逆撫《さかな》でするのよ。そういう人たちの怖さって、今回その襲撃してきたオタクな人たち以上よ。気をつけたほうがいいわ」

そういうヒサコさんの言葉をつなぐように、「今回の怪我のこともいろいろ言っている人がいるけど、気にしないようにね。わかってる人はちゃんとわかってるから」とエリちゃんが言い……私はぽかんとしていたのですが。

エリちゃんの「ノブちゃん、理解しなくてもいいから、頭の片隅にいれておいたほうがいいわよ、こういう話は」って言葉に、素直にうなずくしかなかった次第。

＊

その数日後、タマコさんとランチしていたら、先日ヒサコさんが言っていた話に触れる話題が出まして。

「ノブコさんって、本当にすごい人たちと知り合いよね」というので、「ニーナとか？」と聞くと、「うーん、まぁニーナだけじゃなくて、タツオさんもそうだし……なんかね」となんだか歯切れが悪い。

ちょっと考えた様子を見せたタマコさん、ぽつりと「私正直、たまにノブちゃんのこと、嫉妬する」と言い出し……私はその言葉にものすごくびっくりしました。

ど、どうして？

驚く私にタマコさん、「ノブコさんは何でも持ってるじゃない」と。

「私が留学しようとしてるの、話したでしょう？　自分で言うのも何だけど、私、資金貯めるのも手続きも、入学のための審査も、すごく大変だったけど、自分でやるしかなかった。でもノブコさんは帰国子女で、がんばってそうしなくても向こうの大学出てるわけだし。それに、いわゆるセレブな人の知り合い多いでしょう？　あと、けっこう有名な人とかさ。ノブコさんがそういうのにどうこうする人じゃないのは知ってるけど、やっぱりなんかどうして？　って思うわ。上司ともうまくいってるし、仕事も順調みたいだし……なんかものすごく恵まれた人に見える」

そう言ってからタマコさん、小さな声で「ごめんね……」とつぶやきました。

そうか、私って人から見るとそう見えるんだ。

タマコさんは、悪意のある人でも、計算や打算があるタイプでもない。

今言ったことも、嫌味や意地悪で言ったんじゃなくて、本当にそう思っているから言ったのがわかる。

黙ってしまった私にタマコさん、さらに一言。

「がんばってがんばって、それでも私とかが手にできないこととか、ノブコさんはさらっともうすっかり手にしてるって、そんな気がしちゃう時がある。何がどう違うんだろうって思うんだけどね」

その言葉を聞いて、ものすごく悲しい気持ちになりました。

ああ、ヒサコさんが言ったのって、こういうのもあるんだなって思った。

例えば、初めてニューヨークのあの学校に行った時、言葉もわからないままアメリカ人しかいないクラスにはいっていった恐怖とか、言葉が全然通じなくて、授業も全然わからなくて、世界にたったひとりで取り残されたみたいな気持ちになったこととか、そんなことは他人にはわからない。

最初の頃は明らかに東洋人を馬鹿にして、露骨《ろこつ》に意地悪してくる子たちもいて、ひとりでランチボックス広げて半べそかきながら食べてたことだって、誰も知らない。

勉強できないうえにあのボケっぷりで、当時からクラスでひとり浮いていたニーナが、あの天然の屈託のなさで私に近づいてきて、やっぱり優しくて世話好きなカテリーナとふたりで一生懸命英語できない私と会話しようとしてくれなければ、私はずっとひとりぼっちだった。

でもその後、英語ができるようになって学校に馴染《なじ》んでも、私はやっぱり日本人で、あの中でみんなと同じって思うことはできなかった。

たまに日本に帰っても、以前親しかった友達はみな、もう全然話があわなかったし、そのうち会うこともなくなっちゃった。

日本にいても、アメリカにいても、私はどっちの世界の人でもないって、いっつもものすごい疎外《そがい》感があった。

その時、アニメだけが、私にとって絶対に変わらないものだったわけで。

タツオが送ってくれるビデオのおかげで、私は日本語を忘れることもなく、アニメを通じて知り合った人たちとは手紙も連絡も途絶えることがなかったし、たまに帰国しても、アニメの話をする時には、みんな同じ場所で、同じ話題で、ものすごく盛り上がれた。

いい成績取らないとそのアニメも取り上げられてしまうっていうので、私は本当に死ぬ気で勉強したけれど、日本の大学に進学できないってわかった時、私は両親に向かって激怒したですよ。

こんなことなら、おばあちゃんのところからでも、日本の学校に通いたかったって、本当に本気で思ってた。

ニーナは今でこそあんなにセレブリティで華やかだけど、学生時代は本当に勉強できないうえにあのボケっぷりのせいで、クラスの子たちにすごく馬鹿にされていた。

私が知り合った頃のニーナは、会話する相手といったら、その後私も親しくなったカテリーナのグループの子たちくらいで、たいていはみんながわいわい集まって話している輪にはいれずに、ひとりでテラスでうつむいて座っているような子だったんだ。

タツオだってそう。

奴は自分ではたぶん全然気にしてないと思うけれど、学生時代に友達なんか全然いなかった。

あのでかい態度と卓越した頭脳のせいでいじめられることはなかったけれど、他人とまったく相容れない度数は、タツオの場合高すぎて計測できないほどで、タツオの両親はしょっちゅう先生といろいろ話し合っていたらしい。

今でこそタツオは仲間に囲まれて楽しくやっているけれど、あのとんでもなくわかりにくい奴の優しいところとか、配慮とか、思いやりとか、ずっと誰も気づきもしなかったし、理解する人もいなかった。

律儀《りちぎ》なタツオは、定期便の他に自分で稼いだお金で私の喜びそうなアニメアイテムを買って送ってくれて、でも、その見返りを要求したことなんかない。

そして大学卒業してやっと日本に帰ってきた私を、アニメ仲間たちは「やっと帰ってきたねぇ！」って笑顔で迎えてくれて、いつものように当たり前のようにアニメの話で盛り上がった……あの時、本当に本当に私はうれしかった。

涙が出るほど、うれしかったんだ。

ああ、アニメ好きでよかったって、心から思った。

日本に帰ったら、思いっきりオタクな生活するんだって、ずっと決めてた。

私がアメリカで育ったのは、私が選んでのことじゃない。

子供だった私は、仕方なくそこでがんばるしかなかった。

ニーナと親しいのは、彼女がセレブリティだからじゃないし、タツオが今あんなふうにオタク仲間で名が知れているのだって、今だからそうなったってだけのこと。

仕事だって、今はとても良い状態だけど、ずっとそうだったってわけじゃない。

いやなことや大変なこともたくさんあったけれど、結局私ががんばってこれたのは、仕事ちゃんとしてお金稼いで、それでオタク生活を充実させてやるっていう決意があったから。

でも、今の私しか知らない人には、今見えているところしかわからない。

タマコさんを責めるつもりはないけれど、でも、タマコさんでもそう思えてしまうっていうものが自分にあること、私は彼女の言葉でわかった。

全部を話す気はないけれど、タマコさんにはやっぱりわかってほしくて、そういうのを話してみたけれど。

私がタマコさんの考えのすべてがわからないのと同じで、タマコさんも私のことをちゃんと理解できるってことはないってわかってる。

アニメが好きで、オタクな生活をするってことが、どれほどに私にとって大事かって、これはもう私にしかわからないことだもん。

タマコさんは私の話を聞いて、「くだらないこと言って、ごめんね」って言ってたけれど。

でもあれは、きっとタマコさんの本心だったんだなって、その時の私は思って、ちょっと悲しくなった。

*

週末、オーレがみんなでヨット行くから来ないかと言ってきたのでありますが、その日はニーナに誘われて別件で外出になっていたので、それを理由に丁重にお断りしました。

いや、最初っからそんなところに行く気さらさらないんだが、彼はなんか、懲《こ》りるってことを知らずに私を誘ってくる。

一度、どっかの集まりで彼を見たニーナが、「あらぁ、なんかすごくセクシーな人ねぇ」なんて甘い声で誉《ほ》めてたんであるが、そういうことはほかの女性陣におまかせしたい。

なんで、ニーナのお出かけっていうのが、「お友達になった人に、お食事会に誘われたの」ってなもんで、なんでそこに私を連れていくんだ？　って聞いたら、「だってぇ、ひとりで行くのは心細いんだもーん」だと。

お前はいったいいくつなんだよってツッコミいれたかったけど、とりあえずいつも何気に世話になっているわけだし、とりあえずつきあってやるかって気持ちで出かけました。

そういうわけで、ニーナとふたり週末、閑静《かんせい》な住宅地の中にある瀟洒《しょうしゃ》な低層マンションを訪ねたわけでありますが。

扉を開けた瞬間、私は「失敗した、やっちゃった！」って思いました。

そこには、夜のクラブほどじゃないにしても、気合にあふれたおしゃれをした女性陣がきらきら（いや、なんかラメはいってるメイクに、光物付着させたネイルに、煌《きらめ》くアクセサリーって、どっから見てもきらきらって感じなんで）してて、さらにいかにもそういう女性たちが好きそうな男どもが大量に投入されてる。

いかにも好きそうな……ってのは、「デキる男になる」とか「年収一千万のステイタスアイテムならこれ！」とかって特集組んでる雑誌から、まんま出てきた感じの人たち。

もちろん彼ら、感じが悪いとかそういうのはないし、一般的に見てもいわゆる〝いい男〟な人が多いんだけど……この種にオタクな人間は絶対にいないので、もう最初っから私のアウェイは確定。

趣味のいい、品のよい話、例えばスポーツとか（間違っても相撲《すもう》とか、野球でも阪神ファンとかじゃなくてメジャーリーグの話とかね）、経済とか（間違ってもなんちゃってFXとかじゃない）、週末にはヨットとかテニスとか（間違ってもパチンコとかバッティングセンターとかじゃない）、そういう話を爽やかーにしちゃうそういう人たち。

彼らは基本的に感じがいいし、女性にも優しいし、見た目もそれほどに悪くないので、ビジネス上のつきあいで関わるには別に悪い相手じゃないんだけど……結局のところ、彼らの持つ徹頭徹尾《てっとうてつび》なほどの保守的な意識って、実はよく会社でヒサコさんやタマコさんたちが「ついていけないわよねー」ってなことで話してるあれなわけだ。いわゆる、自分にとって〝良き妻、良き母〟になる女性を探してる感ありあり。

そんでもって、そういう男性陣の目が、部屋にはいったニーナにいっきに注がれまして。

そりゃそうだよなー。

すらりとした身体にストレートの金髪、透《す》き通るようなブルーの瞳をした美女が、無邪気に微笑んでるんだから、これに興味がない男って、例えばいっぱい輪っかした首の長いのが美女の証とか、女はみな太っていなければならないとかいう文化や習慣の明らかな違いがある人くらいなものでしょう。

んで当然、そこにいるきらきらした女性たちの視線も、ニーナに釘付けなわけで。

こっちはもう明らかに羨望と賞賛のまなざし。

そこへ「ようこそぉ」って声がして、そっちを見るとなにやら美しい女性がやってきた。

「ニーナ、きてくださってうれしいわ。こちらがお友達のノブコさん？　はじめましてぇ。トシコです。今日のこのパーティのホステスです。よろしく」って、私に右手を差し出した。

一応礼儀上、笑顔でその手を握り返したんであります。が、あたりを見回すと、いかにも外国人向けアパートメントな広いリビングに集まる五十人くらいの男女。

これって何の集まり？

トシコさんがグラスを取りにいってくれてる間に、ニーナにこそっと「今回の主旨って何？」と聞いたら、「異種業界交流って言ってた。ねぇ、それってどういう意味？」とニーナ。

今、一瞬眩暈《めまい》したよ。マジで。

人を誘うなら、ちゃんと目的にあった人物を選出してくれ。

それって、もろ合コンだよ。

って、なんで既婚者のあんたがそこによばれるんだよ。

そこへ、グラスを持って戻ってきたトシコさん、私にグラスを渡しながら「みなさん、感じのよい方ばかりだから、いっぱいお話してらしてね」なんて感じのよい笑顔で言ってくださったんだが、いっぱいお話しようにも、私にはシェアする話題がないんだよ。

ぼんやりあたりを見回していた私を置いて、トシコさんはさりげなくニーナを部屋の奥へと連れ去り、そこに待ち構えていたいわゆる〝セレブ系〟な女性陣の輪の中に座らせました。そしてさらりと私のところに戻ってくると、ささーっと部屋の反対側にいる私と同世代らしき男女の輪の中に連れ込み。

「みなさん、この方はニーナ・フォルテンさんがニューヨークで親しくしてらしたハセガワノブコさんとおっしゃるの。今は、外資系の銀行にお勤めなんですって。よろしくね」と私のかわりに爽やかに挨拶し、そのまま輪を離れていきました。

ちょっと待って、私、どうすればいいの！　ってな私の心の叫びは、誰の耳にも届かないんだわ……とほほ。

ちきしょー、こんなところだって知ってたら来なかったよ。

ここに来るべき主旨も目的もまったくもってない、超場違いな人間なんだよ、私は！

本当は今日は、買ったばかりの「深海のセレンディア」のＤＶＤ観ようと思ってたんだ。

「セレンディア」は、先ごろまで深夜で放映されていたアニメで、一クールだけしか放映されなかったんだけど、深夜アニメにありがちな「実は二クール作ってました」って作品で、このたびＤＶＤボックスで完全版として発売されたばかり。

テレビでは主人公のテツオとアリオスの関係がいまいちなところで終わってたんだけど、ＤＶＤではどうやらこのふたりの関係も明らかになっているらしいとの話。

もちろん特典映像もあって、オープニングの歌フルコーラスを新しい絵で描きおろしたっていう特別編集のものがはいってる。

こういうものは、週末の時間がたっぷりある時にじっくり一気に観てしまいたいというのが私のいつもの習慣で、週末そうやって過ごすのが至福の時なんだけど。

その至福であるはずの時間を、こげなことに使ってしまうなんて。

いきなり私が投入された輪の人々は、それなりに感じよく、それなりに楽しく会話しておられるのであるが、どこをどうひっくりかえしてもこれはいわゆる〝出会いのためのパーティ〟。

もうどうしようもなく、私にとっては興味ない意味のない時間、場でしかない。

仕方がないから黙ってにこにこしてみなさんの話を聞いていたら、私の横に立っていた背の高い男性が、「ハセガワさんは、大学もアメリカだったんですか？」と聞いてきました。

「はぁ」とものすごくいい加減に答えたらその人、「どちらですか？」とさらに。

どうせ、普通の日本人は聞いても知らないだろう異国の大学なのになぁと思いつつ、「アーバインです」と答えたら反対側に立っていた別の男性が、「ええ‼ 優秀なんですねぇ。僕はUCLAに一時留学していたんですが、ハセガワさんがいらしたのはいつ頃ですか？」とさらにつっこんできまして。

そしたらその話題に女性陣が喰らいつき、「ヤマダさんは確か、東部に留学なさってたんですよね？」と、私に最初に質問してきた男性に言うと、「ええ、僕はボストン大学卒業なんですよ」と答え、そこにUCLAに留学してたって男性が「へー、ヤマダさんってそっちなんですね。それで今、都市銀にお勤めってなかなか堅いですね」って言い……あぁ、ハセガワノブコ、なんか今、とっても違う世界にいるよ。

さらに盛り上がる話を聞いていると、長身でなかなかのハンサムなヤマダ氏はボストン大学を卒業して大手銀行の財務にいる様子。ＵＣＬＡに留学していたというトモベさんは商社勤務、その横にいる物静かなカタヤマさんは慶應《けいおう》大学医学部卒業のお医者様。

いかにも、普通に女性が好きそうなタイプばっかりだ。

対して女性陣、商社勤務のコヤマさんとナカガワさん、メーカー勤務のニシさん、大手建設会社勤務のアカシさんって、普通に感じよく、すてきな出会いとやらを求めてるのがよくわかるみなさま。

「僕、最近ワインに凝《こ》ってるんですよね」

「あ、私も好きなんですよー。麻布に最近、すごくいいワイン置いてる店を見つけたんですけど」とか、

「車、お好きなんですか？　どんなのに乗っていらっしゃるの？」

「イタリアのが好きなんですよ、最近アルファロメオ買ったばっかりなんですよ」とか、そういう会話が目の前で繰り広げられる。

男性諸氏の話題を、女性陣は上手に盛り上げて、「すてきですね」とか「私もそれ、興味あるんです」とか、話題をそらさない。

外人狙い女子の露骨な態度も何だけど、妙にお品よくまとまったこの種の会話も私にはまったく縁がない世界のものだ。

だって、ブランドのスーツもアルファロメオも、趣味のヨットや葉山《はやま》の別荘も、ましてやMBAとか海外留学、一流会社勤務なんて、私にはどうだっていいんだもの!!

なんというか、ここで今楽しそうに会話している女性陣はみな、理想の夫たる毛並みのいい条件の良い男を何気なく(ここがミソ)探していて、男性陣はおおむね、優しくて愛らしい未来の妻たる品のよい女性を探しているのでしょう。

その中で、遺伝子の隅から隅までオタクの私って、もう異端どころじゃない。

白血球に食われるウィルスくらいの存在。

いや、食われる前に、そんな場所から去りたいよ。

ヒサコさん的にいえば、ここに集まっているような人たちは、私みたいな異端の存在はもう空気でかぎ分けて、あくまでも失礼のない範囲で上手に自分の周囲から排除するものでして。

そして、ふと気が付くと、本気で話の輪からはずれていた私。

みなさん会話が盛り上がってる輪から、本当に微妙に一枠外にいた自分に気が付いた。

正直なところほっとしてニーナを探すと、奥のソファにまだとっつかまってる。ニーナ、それこそ育ちのよさがでて、こういう場では決して失礼のないように育ってるから、こういう時は嫌もいいもないと思われ。

四歳の時、自宅で開かれたパーティで、ベッドにはいる前にみんなにお歌を聞かせるのよってお母さんに言われ、その小さな愛らしい、素っ頓狂《すとんきょう》な歌を大勢のセレブリティ（間違っても日本でいうセレブとかってのじゃない本物中の本物）たちに聞かせたという人間はやっぱり違う。

ニーナひとりを置いて帰るわけにもいかず、部屋の隅っこにすすーっと逃げて、そこで果物とかつまんでいる私……ああ――、なんでこんなことに。

悲痛な想いでさくらんぼを食べていたら、「それ、甘いですか？」と聞いてきた男の人が。

「おいしいですよ」と答えてそちらを見ると、ガタイはいいが、どこかおっとりした感じで地味な、つまりはここにきている女性陣にはルックス的にやや訴求力に欠けるって感じの人。

「あなた、さっきあそこにいる豪華な外国人女性といらした方ですよね？」とその人。

へー、ニーナを知らない人って、こういうところでは珍しいなぁと思ったら、それをみすかしたようにその人、「あ、僕、あんまり有名な人とかって知らないんですよね」と。

「彼女、ニーナ・フォルテンって言って……」と言ったところで彼、「え？　もしかして、あのフォルテンさんの奥さんですか？」と言ったので、今度は私がびっくり。

「いや、僕、ちょっと前までニューヨークにいたんで。仕事関係でフォルテンさんの名前はよく知ってるんですよ」って何の仕事かと思ったら、「外務省なんです」って……えー、外交官ですか?

私ってば、うわー、イメージないーと思いっきり顔で言ってたらしく、その人「あはは、なんか意外でしたかね?」と、恥ずかしそうに笑ってるが、いや、実際全然そうは見えないっていうか、なんかどっかで書物に埋もれてそうなタイプなんだもん。

どうやらこの人、外務省勤務という看板ひっさげていても、ここにいる女性陣にはまったく興味をもたれていないらしく、皿にさくらんぼ大量にのせたまま、私のそばに突っ立っていろいろ話し始めました。

「ニューヨークに二年いて、去年日本に戻ってきたんですよ。来年また別の国に赴任するんですが」

その人がさくらんぼを熱心に食べながら言うので、儀礼的に「どちらに赴任なんですか?」と聞いてみました。

「アフリカなんですよね」

………アフリカ。

思わず口の中でその単語を繰り返したらその人、「いやー、これ言ったら、話した女性みんなに引かれちゃいました」って……え？　引くってどういうこと？

「あれですよねー、アメリカとかニューヨークとかヨーロッパとかパリとか、そういうのだとやっぱり女性はいいみたいですね。アフリカとかアラブとか、旅行でも行かないようなところが赴任先って聞くと、あまり印象よくないみたいで。あ、あっちにいる黒いシャツ着た奴は僕の同僚なんですけど、今度、イタリアに赴任なんですよ。モテモテですよねー」

そういうものなのか、世の中って？

アフリカとアメリカは、ただの一文字違いってレベルの違いしか感じないぞ。

そもそも私にとって、アニメが観れない、ジャンプとか毎週読めない、マンガの単行本を発売日に買えない、イベントに参加できない、アニメ雑誌が手にはいらないって点では、日本以外の国はどこも同じようなもの。

「すみません、なんでアフリカ、だめなんですかね？」

思わず聞いてみたら、今度はその人がびっくりした様子。

「え？　嫌じゃないですか？」って聞いてきたので、「嫌とか以前に、私にとっては日本以外の国は、ただ外国ってだけなんですけど」と答えたら、その人笑いながら「面白い人ですねぇ」と。

失礼な。どこが面白いんだ。

そこへ、その彼の同僚っていう男性がやってきて、「ソウマ、そのさくらんぼ、うまい?」と。

外務省勤務は、さくらんぼが好きらしい。

精悍《せいかん》な顔をしたその男性、ソウマさんに向かって「俺、インド赴任って言ってた時は全然だめだったけど、イタリア赴任って言ったらなんかすごくモテるんだよなー」って言ってる。

ソウマさん、私に向かって「ね?」って言ったけど、イタリアもインドもたいした違いなんかないじゃんか。

同じ、イで始まる外国だ。

さくらんぼをつまみながら黒いシャツ、「あれだよね、女性ってやっぱり、アメリカとかヨーロッパとかがいいんだね」って言ってる。

そうか、そうなのか。

なんか、ものすごく新鮮にびっくりだ。

外務省勤務のブランドしょってても、先進国勤務じゃないと訴求力がないんだ。

態度でかい黒いシャツはどうでもいいんだが、なんかこの気の弱そうなソウマさんを見てたら、とってもかわいそうな気分になってきた。

アフリカ勤務ってだけで、こんなはしっこで、ただのアニメオタクな私なんかとさくらんぼ食べてるなんて。

思わず、「ソウマさん、別にアフリカもアメリカもかわりませんよ。少なくとも私にとっては、そうです。なんたって、日本のテレビが見れないって点で、私にとってはどっちも嫌なんで」と言ってしまったよ。

「テレビ、そんなに好きなんですか」とソウマさんは笑っていたが、隣の黒いシャツは思いっきり引いていたよ。

結局その日、とっつかまったニーナが解放されるまでそこにいて(四時間も同じソファに座っていやがった)ソウマさんとふたり、さくらんぼ食べながらたわいない話をして終わり、私はそれなりに楽しんで帰宅しました。

ちょっと疲れた様子の私に、ニーナが「タクシーで帰ろう」と言ってくれたのが何より。

タクシーの中で、「あんた、四時間も同じ人たちと、いったい何話してたんだよ」と聞くと、ニーナ、にっこり笑って「世間話しかしてないよ。だってみんな、知らない人だし、初めて会った人だし。ママがいつも言ってたように、失礼のないようにお話してただけ」って、連れていかれた私の疲労がさらに重くなるようなことを言ってきたんだが、この罪のなさ加減が、またこの人の魅力なのかもしれない。

そしたらニーナ、「今日のってさ、出会いのためのパーティだったんだね」と。

なんだよ、わかってんじゃんと思ったら、「トシコさんにね。今度は私の知り合いの独身男性いっぱい連れてきてくださいねって頼まれちゃった。素敵な出会いを求めている女性がたくさんいるのよーって」って言い出し、私びっくり。

しかしそこはニーナ、びっくりして固まってる私の横で、邪気のない笑顔でいろいろ提案しだしました。

「アンディのお友達だったら、けっこう独身っているわよね。タツミさんは素敵なおじさまだし、そうそう、ロベルトもお嫁さん探してるんだったわー」って、タツミさんは五十八歳でこの間奥さんに熟年離婚されたばっかりの人だし、ロベルトはイタリアの富豪だけど、中途半端に禿《は》げたものすごい巨漢の腹の出たおっさん……「それからねー、よくうちのパーティに来るチャールズもいいわよね。タカナシさんもいい人。タカナシさんも呼ぶなら、サトウさんにも声かけないと」って、チャールズはまだ二十歳の学生だし、タカナシさんは近所の商店街の八百屋《やおや》さんの人で、サトウさんは花屋さんの人ではないか。

「そうよー、ノブ、うちでよく頼むピザの配達の男の子もかわいいのよぉ」ってニーナ

……この人にものを頼むってことがどれほどに間違ってるか、たぶんあのトシコさんって人は、まったくわかってないんだろうなぁ。

5

オタクに国境はない。あるのは萌えジャンルの違いだけだ

久しぶりにエロゲーム系のイベントがあるってんで、タツオがうちに泊まりにきました。

あれほどにエロゲーを愛しているはずのスギムラ君がいないのは、九州のラボに仕事で行ってるから。

もちろん、タツオが他の兵隊たちといっしょにそのあたりはカバーして、希望品リストの通りに購入するわけだけど、タツオがいつものようにテーブルの上でお金の計算を始めると、さすがの私にも緊張が走ります。

なんたって、万札が束《たば》で出てくる。

彼らの資金たるやすごいもので、コミケぐらいの規模のイベントになると、ヘッドセット装着して会場中に兵隊が散らばるわけで。

そして、あっちこっちの同人サークルに並び、「こちらb40、『なんちゃってもっこり』新刊二冊です。列待ち予想一時間十分ほど。弾丸足りません、至急十発配給頼みます」とかって連絡をします。

中央コントロールにいる人間がそれを受け、弾丸配給担当者に連絡、担当者は時間内に列に並んでいる人間にそれを届けるわけですが。

弾丸ってのはつまり、お金のこと。

タツオのところでは、一発一万円だそうで。

メンバー内の購入希望者をつのって買うわけですから、一つのサークルで買う冊数も十冊とか二十冊とかになります。

ちなみにb40ってのはサークルナンバーで、『なんちゃってもっこり』とかってのはサークル名。

しかも彼ら、いわゆる世間でいうならいい歳のうえ、エンジニアとか研究とか、オタク遺伝子の特性を活かした仕事についているので、お金持ってる。

そのお金を、こういうイベントやらグッズやらDVDにこれでもかってほどに落としていくわけで。

そりゃもう、タツオのところのメンバーが一回のイベントに落とす金額って、そこらのお父さんが号泣して暴れたくなるほどのもの。

彼ら見てると、経済ってオタクがまわしてるんじゃないかって思う。

今回のエロゲーイベントはどうやら小規模らしく、タツオのお金の計算もさほど時間かからずに終了したのだが……ルックスといい雰囲気といい、こういうことしてると、廻船《かいせん》問屋《どんや》の旦那《だんな》みたいだよなー、こいつって。

たいていは、そこまで買う人なら出展者として入れるサークルとか、サークルチケット入手とか考えるものなんだけど、タツオいわく「自分がサークル参加とかサークル活動していないのに、そんな手段を使って入場するのは邪道《じやどう》だ」と一刀両断。

メンバーの中にはサークル参加してる人もいるけど、タツオは絶対に始発で出て、列に並ぶ。

彼の美学ってことかな。

次の日、タツオは明け方に静かに出て行ったわけですが、その日、ひとりで溜まったアニメ録画をのんびり観ていた私のところにタツオから電話がはいりまして。

「ノブコ、コナツ嬢やテル花《はな》さんたちも来て、これからカラオケオフになったから来ないか？」とお誘いが。

私ってば、大喜びで秋葉原《アキバ》にあるオタクご用達なカラオケの店に向かいました。

扉の外にまで漏れてくる、アニメソング……扉を開けると、「おおお！　ノブさ――ん!!　久しぶり！」と、タツオチームの男子十名ほどと、女子部のコナツさん、テル花さんたちが歓迎の叫びを。

ああ、ここって私のあるべき場所よね！　って、本当にいつも思う。

私がコナツさんの横に腰掛けると、コナツさんがさっとビニールに包まれた本を差し出し、「これ、例の新刊」と意味深長な笑みを浮かべまして。

そうだ。

岡田様とアサヌマ君をネタにした、コナツさん渾身《こんしん》の一作。

今回表紙と中のイラストを、腐女子の中では人気の高い絵師であるアルタさんという人に描いていただいているわけで、当然アルタさんには写真も見せております。

「アルタさんの新刊も、すっごいよかったよね！」と私が言うと、コナツさんが、「ノブちゃんが見せてくれたあなたの会社の人たちの写真、私たちには超ご馳走だったもの」と、邪《よこし》まなほほえみで言ってきた。

「三冊もいっきに連続新刊出してるし、アルタさんの定番カップリングになってきてるわよね」

コナツさんの言葉に、私もうなずいちゃう。

ケヴィンとオーレも、たまには役にたつね。

コナツさんとアルタさん、その写真一枚ネタに、深夜三時まで五時間くらい盛り上がったらしい。

さすがだ。

「ノブちゃん、今回の新刊は激しいわよぉ」と邪まな笑みを浮かべるコナツさん……い
や、今回に限らずあなたの本はいつも激しいです。

袋から本を出すと、見る人が見ればすぐにそうとわかる華麗なイラストの表紙。

プロのカメラマン設定の岡田さんと美大に通いながらバイトに励むアサヌマ君な設定。

あ、もちろん名前は変えてありますけどね。

「この間のBLイベントでけっこう売れたの。通販申し込みもきてるし、感想もけっこう
いただいて、概《おおむ》ね好評なのよねー」

コナツさん、とってもうれしそう。

すでに二冊目になったこの本、シリーズ化決定って感じだもんね。

すでに芸能人な岡田さんはともかく、アサヌマ、よもやこんなところで有名人になって
いるとは思うまいて。

いかに暑苦しいトークで周囲を遠ざける男でも、この本のモデルだってことで、腐女子
イベントに立とうものなら思いっきりアイドルになれること必至。

いや、きっと、頼まれてもそこでアイドルになりたいとは思わんと思うが。

もちろん、コナツさんには先日、ふたりに助けてもらったことも話しているんだが、それもちろんコナツさんの萌えに大量の燃料を注いだらしく、一週間後には「読んでっ!」って長編一本送られてきた。

あの痛い恐ろしい経験も、こうやってコナツさんの作品の肥やしになるのなら、なんか甲斐もあったかも……とすら思えるわ。

そこへ、反対側にいたテル花さんが「あ、ノブさん、その本すっごいいいわよー」と。野郎どもが大声はりあげてアニソン歌ってる中なので、我々も大声出しながらやっと会話できるって状況なんだけど。

テル花さんは、イベントでも引っ張りだこのコスプレーヤー。

普通にしていても十分きれいな人なんだが、彼女のコスプレは彼女の容貌にあったタイプを選択してするので、そのキャラを好きな人だったら見とれるほどの出来。

しかも日々鍛錬を欠くことなく、身体のラインを保つべくジムやエステに通い、徹底的にコスプレ人生に賭けてる。

滅茶苦茶有名な格闘ゲームのキャラにマホガニーっていう女闘士がいるんだけど、それを彼女がやった時はテレビのニュースにまで映ったほど。

露出度も高いんだけど、そこはもう日ごろの鍛錬の成果ばっちりで、コスプレに萌えのない私ですらうっとりしちゃったんだけど、そんなテル花さんだからファンクラブまである。

しかも身長174センチなので、たまに男装コスプレとかもするとこれがまたあまりにも華麗なため、女性ファンも多い。

そしたらコナツさん、「テルさんにはもうお願いしたんだけど、来週のイベント、ノブちゃんも売り子にはいってもらえないかなぁ」と。

来週といえば、ナイスコミックマーケットという定例同人即売会がありまして。もちろん私は、一般入場で買いに行こうと思っていたから、ふたつ返事でOK。

「アルタさんも来てくれるって言ってたから、四人でおしゃべりしながらやりましょう」

と、テル花さんとコナツさん、うれしそう。

そうなの。売り子って楽しいのよね。

みんなで萌え話しながら、お客様の反応も直《じか》で見れるし。

サークル入場券をいただいた私、次の週末、売り子にはいりました。

今回コナツさん、壁サークル。

壁サークルっていうのは、人気があったり売れ行きがすごくて列ができたりするサークルさんを壁際に設置することを言います。

これになると、いわゆる大手サークルの仲間入りって言われるけど、まぁ、規模がそれほどじゃなかったり、ジャンルによっては壁になることがたまにあるわけで、今回もどっちかっていうとそんな感じらしいけど、コナツさんのサークルは多少なりとも列ができるサークルさんだから、ありがたいって言えばありがたい。

開場になると、あっという間に列ができ、コナツさんは馴染みのお客様と挨拶を交わしながら売り子、テル花さんは写真を撮られ、アルタさんは頼まれたスケブ（スケッチブックを渡され絵を頼まれること）を手に端っこに座り……そして、かの新刊はどんどん売れていく。

「なんか今日は、人の流れが速いわ。多めに搬入していて正解かも」

コナツさんが後ろに積まれたダンボール箱を見ながら言ったその時。

「ちーす、売れてますねー」と聞き慣れた声が……ってそこを見ると、アサヌマ君が。

そっか、今日はタツオのチームにアサヌマ君も参戦していたんだ……と思った私。

アサヌマ君、本日も思いっきり爽やかな格好で、本人は絶対意図してないまま、思いっきり美形な笑顔でもって腐女子の列の横に立った。

瞬間、彼のその姿に見惚《みほ》れる女性陣だけど、奴が後ろにしょってるザックの中身はすべて、エロ同人誌であることは間違いない。

爽やかなアサヌマ君の美貌に見惚れて、沈黙しているコナツさんのサークル周辺にいる人々……ところがそこでアルタさんがうっかり言っちゃった。

「あ、星名《ほしな》君」

アルタさんっ、そ、そ、それは、コナツさんの同人誌の中のアサヌマ君の別名ですっって!!

そう思った時には遅かった。

それを耳にしたすでに秋葉《あきば》×星名シリーズを読んでいる人たち（たぶん列にいる全員）が、思いっきり悲鳴をあげたことは言うまでもない。

「きゃ――!!　星名君なの――――!!」

「え―!　本当にいる人だったんだ――――!」

「イラストまんまにかっこいい!!」

しまった!　って顔してるアルタさんだが、もう遅い。

スマホ出して、アサヌマ君に向けてシャッター切る人多数。

きゃーきゃーしまくる人多数。

アサヌマ君だけが、何のことかわからない様子で、固まった笑顔のまま女性たちを見ているんだが……いや、君は今、君の前で売られている本の中で、秋葉という名前に変えられた岡田さんにいっぱいエッチなことされてもだえまくってる、やんちゃ受けなんだよ。

でもって、君が星名君だってことがわかった瞬間、乙女の脳内妄想の秋葉×星名のエロシーンすべてに君の顔が挿入されたってことで……アサヌマ君、君は今日を限りにノーマル男子としての人生に終止符が打たれてしまったんだよ。

そんな過酷な真実を説明できるわけでもなく、コナツさんとアルタさんは顔をしかめつつ(笑いをこらえてただけかもしれんが)、横目でアサヌマ君を見ていたのですが。

そこへいきなり、今日は思いっきり男装コスプレのテル花さんがすすーーっとアサヌマ君の横に立ちまして。

何がどうなるのかさっぱり予想もついていなかった我々の前で艶然《えんぜん》と微笑んだテル花さん、その長い腕をすーーっとアサヌマ君の首筋に伸ばし、すっとアサヌマ君の顔を自分の顔に寄せた……。

もうね。

場内に響き渡るほどの悲鳴があがりましたよ。

それはもう、スタッフが驚いて駆けつけるほどの騒ぎ。

今日のテル花さん、黒服のギャルソンの格好してるんだが、なまじアニメ系のコスプレじゃない分、アサヌマ君と並ぶと思いっきりBLな雰囲気。

しかも彼女は美貌の女性だからして、妖艶な笑みでアサヌマ君の頬をすす――ってな感じで撫でたりしたものだから、周辺に散らばる腐女子のハートを撃ち抜きまくったのは必至。

ごめん。

私ですら眩暈した。

いや、なんていうか、ビジュアル的にすごすぎるっていうか、耽美すぎるっていうか、さすがっていうか。

ひとり、まったく事情も事態も飲み込めていないアサヌマ君、呆然としたまま、自分の肩に手をかけてポーズつけながら立ってるテル花さんを見つめてる。

もちろんその後も人々のざわめきは止まらず、なんだかわからないまま挨拶して去ったアサヌマ君は、あとで聞いたらあっちこっちでいろんな女の子から遠巻きに注目を浴びたそうで（そりゃそうだろう。どうやら写真まで撮られたらしい）、そして当然コナツさんとアルタさんはイベント後、新しいシリーズの話で夜の十時まで会場近くのファミレスで盛り上がったとのこと。

いたって常識人のコナツさん、「悪いことしちゃったなぁ。あんなに騒ぎになっちゃって」って言ってたんだけど、まさか本人やタツオに、「アサヌマをBLのキャラにして小説出していて、しかも二つもシリーズがある」なんて言えるわけもなく。

アルタさんも本気で申し訳なく思っているのはわかるんだが、ふたりにとっては「新しい、そして素晴らしいネタ」ってことで喜びも大きいみたいだし。

とにかく今後アサヌマ君は、あの周辺にいた女子全員に、〝やんちゃ受けであんなこともこんなこともしてる星名君〟として名と顔を刻まれることになったわけです。

その後アサヌマ君に会った時、「なんかあの後くらいから、俺、けっこう女の子に声かけられるんですよね、イベントで。別の人と間違われてるみたいなんですけど……ノブさん、星名君とか、テルユキとかって名前、なんなんですかね？」と私に聞いてきた。

幸い、岡田さんは先月から映画の海外ロケでいない。

何も知らない岡田さんは、「コナツさんのご飯はおいしいですよね」って、あの後またうちに遊びにきた時にうれしそうにそう言ってたんだが、その陰に隠された邪まな野望にはもちろん気がついていない。

このまま、すべてを見なかったことにして、関係ないフリして、スルーしてしまいたい。

知らないってことにしてしまいたい！

＊

滅多にその種のネタを話題にしないエリちゃんが、ある時私に言いました。

「ノブちゃん、あのね、あまりいい話じゃないんだけど、ノブちゃんの噂が営業部《セールス》周辺にあるの」

は？

一瞬何のことかわからなかった私。

え、もしかして、すごいオタクだってことがバレちゃったのかな？　とか思ったんだが、そうじゃないらしい。

「仕事がすごくいい加減で困るとか、業務時間内に私用のことばっかりやってるとか、あとね……これはノブちゃんが一番怒ることだと思うんだけど……」

そうエリちゃんは一拍置いて言いました。

「外国人の男狙って、色仕掛けしてるとか……」

ハセガワノブコ、本気で一瞬、マジ、日本語わからなくなったかと思った。

色仕掛けって単語、私の知ってる単語と意味合致しなかったっていうか。

エリちゃん、言いにくそうに、「あのね、メールでまわってるものもあるの」って、ええ！　なんで!!

こっそりエリちゃんが見せてくれたそれ。

中身はこうでした。

『先日営業Aチームに配布された資料の中に大きなミスがありましたこと、ご報告いたしますと同時に、お詫び申し上げます。これはケヴィン・ダンウェイから彼の秘書であるハセガワさんに指示が出され、彼女が作成したものです。私、エンドウがこれに気がつかなければ、大変な問題に発展していたと思われますので、こちらからきちんとハセガワさんには厳重に注意を出したいと思っております。』

ハセガワノブコ、人生最大に驚きました。

エンドウって、営業のカツカワさんのところのアドミなエンドウアカネさんのことでしょ。

エリちゃんのデスクのすぐ近くに座ってるっていう人。

いるのは知ってたけど、とくに話す機会もなく関わりもないので、私の中ではいわゆる

〝同じ会社の人〟ってだけの存在だったんだけど。

この資料だって、確かに私はAチームに提出したけど、ケヴィンの持ってきた資料まんま出しただけだよ。

私、何もいじってない。

それを聞いたエリちゃん、あっちこっちでノブちゃんがすっごい無責任な仕事してるとか、仕事できなくて関わりになると大変だとか、「それだけじゃないんだよ」と。

「エンドウさん、実際ノブちゃんと直接関わってない人に言ってるらしいのね」

ごめん、エリちゃん、私、全然わからない。

それってどういうこと？

何がどうしてそうなるの？

びっくり眼の私にエリちゃん、すっごく言いにくそうに言いました。

「私にもよくわからないけど、なんか私が気づいた時には、仕事しない、仕事できない、やる気なくて周囲を困らせてる、外国人狙ってるハセガワノブコって像が、巷《ちまた》に広がってたのよ」

えええええええええええええええええええええええええええ!!!!

何ですか、それは!!

やる気ないってとこは当たってるかもしれないけど、仕事ちゃんとしてるし、普通にしてるし。

しかもそんなこと、プライベートはもちろん、仕事でもほとんど関わったことのない人に言われる筋合いないよ。

「巷で広がってるってどういうこと?」と私が聞くとエリちゃん、「あのね、私この間、財務の人たちと飲みにいったのね」と。

「そしたら、何人からか、ハセガワさんって知ってる? すごい評判悪い人みたいだよねって言われて、どこのハセガワさんかと思ったら、ノブちゃんのことだったのよ。その人たち、私がノブちゃんと親しいってことすら知らないくらい、ノブちゃんとも私とも関わりない人たちなんだけど。で、なんだそれって思って、しばらく聞き耳頭巾してたら、お手洗いとか喫煙室とかで、エンドウさんがその話をいろんな人にさりげなくしてるの、聞いちゃって。エンドウさん、社交的な人で、違う部署の人たちとよく飲みにもいってるし、会社のイベントや活動にもよく参加してるの。どうも、そういうところで、ノブちゃんはそういう人って話になってるみたい」

ごめん、エリちゃん、私、本当に何がなんだかわからない。

「私、エンドウさんなんて、たまに会って挨拶するくらいしか知らないよ。そういえば最近、仕事のことでケヴィンのところによく来てるみたいだけど、私とは全然話しないし」

そう言った私に、エリちゃん、とっても真剣に深刻に私に告げました。

「ノブちゃん、私もなぜ、彼女がそんなことするのか、全然わからない。でもアサコさんの一件もあるでしょう？　おかしな噂って馬鹿にできないわ。ましてやこんな、仕事上で起こったミスを、関係ないノブちゃんがやったみたいにメール書いたりしてて、こういうのをそのままにしておくと、いつのまにかノブちゃんはそういう人ってことになっちゃう。うちの会社って大きいから、直接本人知りませんって普通にあることだけど、そこに輪をかけてノブちゃんは社内のつきあいないから、こういう噂がまかれるとあっという間にそういう人なのねって印象が先についちゃう。アサコさんの時のこと考えると、関係ないで無視しておけないような気がするの」

エリちゃんのその言葉に、背筋がすーーっと冷えるような気がしました。

そうだ。アサコさんの時も、本人関係ないところで噂とかレポとかが先行して、気がついたら説明も何もなく、追い込まれた立場になっていたんだっけ。

「このメールにあることもね、実際書類にミスがあったのよ。でも、これがケヴィンからノブちゃんを通して直接出されただけのものなら、いやな言い方だけど、エンドウさんが受け取って自分のところで手をいれて、ノブちゃんがやったみたいにして配布したってことも考えられる。みんなは自分たちのところに配布されてきたものしか見てないわけだし。こうやってメールされてくると、読んだ人は『ああ、そうだったのか』で終わりだから」

がーん……そんな、自分が全然知らないところでそんなことになるなんて。

「ねぇ、でもなんで、私がそんなことされるターゲットになるの？」

そう聞いた私にエリちゃん、「あのね、それね、前にヒサコさんが言ってたことがあるんじゃないかと思うんだけど」と。

私は、私が怪我した時にヒサコさんが言っていた、「あなたの無頓着さが、ある種の人の気持ちを逆撫でする」って話を思い出しました。

ってことは、エンドウさんはそのある種の人ってこと？

そうと断定はできないけど……とエリちゃん前置きしてから、「これ、ヒサコさんに相談してみたらどうかなって思うの」と言いまして、私ももう、自分では理解不能な話なので、その日の夜、スケジュールがあいているというヒサコさんと三人でお茶をしました。

「なるほどねぇ」と一通り話を聞いたヒサコさん、「そういうことなのかぁ」と。

そういうことってどういうことよ!!　と言った私に彼女、「エンドウさん、最近法務にもよく来てるよ」とさらりと言ったから私とエリちゃん驚きました。

「彼女、タマコさんやエツコさんと仲良くしてるもん。ノブちゃんの情報、たぶんそこからいろいろ流れてるんじゃない？　もちろん、タマコさんたちに悪気はないとは思うけどね」

コーヒーを飲みながら、ヒサコさん、エリちゃんに向かって至って冷静に「そのメールのやり方も、なかなかのやり口だよね」と言いまして。

「たいしたミスじゃないから、誰がやったんだって騒ぎにならない。でもそうやって連絡がくれば、エリちゃんの言うように、そうなんだって話になっちゃう。それがたびたび起これば、その人はそういう人になる。そして、そこへもってきて、『困るわよねぇ』なんて話がくっつけば、さらに話はできあがるよね」

理路整然《りろせいぜん》と語っていただいて恐縮なんだが、余計になんかものすごく怖い話聞いたような気がするのは私だけか？

そこでエリちゃんが、「ヒサコさんとこには、エンドウさん来ないの？」と聞いたんだが、ヒサコさん、その問いに高らかに笑って、「来るわけないよ。ああいう人は、自分のこと見抜くような人間のところなんか、来るわけないって」と言うので、私とエリちゃんびっくり。

「見抜くって何？」

そう聞いた私にヒサコさん、「あんな媚《こ》びまくりで話す人、私、嫌いだもん。タマコさんとこいく前に、私のところにも来てたわよ。いろいろ探りいれてきたけど、私、すんごく冷たくあしらっちゃったから」というので、さらにびっくり。

「正直ね。外人男に媚びてるって言うなら、彼女のほうがそうだと思うけどな。やたらいろいろな人を誘ってるみたいだし、ケヴィンのところにもよく来てるでしょ？　仕事にかこつけて売り込んでいるのは、見ていてわかるしさ。ラモンみたいにただのおっさんだと、わかりやすいほどに興味ないのも見てわかるから」

ヒサコさん、相変わらずの観察力だ。

「ああいうのには、こちらから現時点では打つ手ないよ。でも、明らかに外堀から埋めてきてるから、そのうち何か来るかもね。何が目的でどうしたいんだかわからないけど、注意しておくには越したことないと思うよ」

そういったヒサコさん、いつもながらの慧眼《けいがん》だったってことがわかったのは数日後のことでした。

ケヴィンのところになんでか知らんがエンドウさんの上司が来ていて、しばらくいろいろ話していたのを見て、ものすごく嫌な予感しまくりだったんだが、彼が去った後、私はケヴィンに呼ばれて彼の部屋にはいりました。

「扉、閉めてもらえる？」

珍しく渋い声でそうケヴィンが言った時、ただならぬ事情だと察した私。

彼の前に座った私にケヴィン、「言いにくいことなんだけど、今、カツカワさんから正式に抗議というか、注意の話があったんだよ」と。

カツカワさんっていうのは、さっきまでここにいたエンドウさんの上司のこと。

「彼が言うには、ノブがとてもいい加減な仕事をしてくるので、エンドウさんが多大に迷惑こうむってる。しかも、それに注意をうながしたエンドウさんに、ノブが嫌がらせみたいなことをしてるという話なんだ。エンドウさんは、精神的に不安定になってるらしい」

黙っている私にケヴィン、「女性同士でいろいろあるのはわかってるし、僕もそんなことに口を出す気はないんだけど、仕事がらみでいろいろ言われると、黙っているわけにもいかないんだ」と言葉をつなぎました。

どうやらここしばらくの間、ケヴィンとカツカワさんのチームでやっていた仕事で、私のまったく知らないところでエンドウさんが何かをやった様子。

もちろん私にはまったく身に覚えはないし、挙句に何が起こってるかもわからないから、話のしようもない。

「私はエンドウさんと直接話したこともほとんどないし、仕事のミスとかで彼女から何か言われたこともないです。何がどこでそういう話になって、名指しで注意受けるのか、私には全然わかりません」

私の言葉に、ケヴィンはふぅっとため息をつきました。

「うん、僕もノブがそんなことをするって思ってるわけじゃないよ。ただ、カツカワさんが僕に直接言ってきたってことを見過ごすわけにもいかない。しばらくの間、ちょっと様子見るつもりだけど、これ以上何かあれば、君の立場はとてもよくない状態になることは確かだから、できるだけ気をつけてね」

暗い気持ちでケヴィンの部屋から出てきた私を、ヒサコさんが静かに見ているのがわかる。

自分がかつてのアサコさんのような立場に立たされてるって自覚はあるんだけど、なぜそんなことになってるのか理解できないし、ましてや何が起こってるのかもわからない。

明らかにエンドウさんがやってることだと思うけれど、その目的もわからないし、どうやったらこんなことができるのかもわからない。

関わっていそうな人つかまえて、私の悪口言ってますか？　とか聞けるわけもなく、最近エンドウさんと仲が良いというタマコさんやエツコさんに「何話してるんですか?」と問い詰めるわけにもいかない。

悔しくて涙が出そうだけど、泣くのも悔しくて、私は思わず唇を噛《か》み締めました。くそーっと思いながら下向いていたら、ふっと肩に手がかかり、見上げるとそこにはヒサコさんが立ってた。

「ノブちゃん、ちょっといい?」

彼女にくっついて別のフロアにある自販機コーナーの人のいない場所まで行くと、ヒサコさんは珍しく真剣な表情で言いました。

「ケヴィンが何言ったか、だいたい想像つくわ。あのね、私、この間ノブちゃんとエリちゃんから話聞いてから、ずっと様子見ていたのよね」

私、何も言えずに、うん……とうなずきました。

「エンドウさんの目的はね、オーレ・ヨハンセンみたいよ」

一瞬、頭の中が真っ白になった私を無視してヒサコさん、話をどんどん続けました。

「ノブちゃんは全然気がついていないの知ってるけど、オーレはノブちゃんに好意持ってるのよね。エンドウさんは昨年入社してあそこに配属になって、すぐに彼のこと気に入ったみたい。エリちゃんも気づかない形で彼にいろいろアプローチしてて、オーレも食事つきあったこともあったみたいだけど、彼もそんな誰にでも手を出す人じゃないから、彼女にとっては思うように事が運ばなかったんでしょうね。で、彼女は、だったらとりあえず、彼が好意を寄せているノブちゃんを排除しようって、そういうことになったみたい」

なったみたいって……。

ものすごく、ものすごく悔しいんだが、この話を聞きながら、私の目からは涙がぼろぼろ落っこちまくりました。

私には何も関係ないじゃないか。

私は何も彼女にしてないじゃないか。

オーレが私のこと好きとか、全然知らないよ。

でも、彼女はいたって個人的な欲求のもと、私の仕事や私の会社での立場に、泥をぬって破壊しようとしている。

それは、彼女の中ではなんでもないことで、やって当然のことなのかもしれないけど、このまま行けば私はケヴィンの秘書でいられなくなる。

いや、もしかしたら、会社も辞めなければならないようなことになるかもしれない。

そんなにオーレが好きだったら、彼に直接言えばいいじゃないか。

なぜ、ただ誰かを好きってことでもって、関係ないところにいる私にこんなことをするのか、わからない。

泣き出した私をヒサコさん、黙って見つめながら、さらに冷静な声で言いました。

「ノブちゃんはスタンドアローンな人だから。誰とも交わらないし、媚びないし、ツルまない。ましてや、エンドウさんみたいな人たちのこと、鼻にもひっかけない。関わってない人に、戦いを挑《いど》むことはできないでしょ。だからエンドウさんは、彼女のやり方で邪魔なノブちゃんを自分の前から消そうとしてるのよ。どうやらもともとノブちゃんのこと、煙《けむ》ったく思っていたようだし」

涙こぼしながら話聞いてる私にヒサコさん、さらに続けました。

「ああいう人間の行動にはね、理由なんて必要ないの。嫌だからやっちゃえで十分なのよ。アサコさんの時と違って、今回のことは他に巻き込まれている人はいないし、ノブちゃんと親しくしている人間も少ないわけで、ノブちゃんを悪い立場に追い込むのはああいう人には簡単なのかもしれない」

私、もう、言葉もない。

だって、こんな状況で、私はこれからどうすればいいんだろう。

仕事のことだって、何されてるか具体的にわからないから対処の方法もわからない。

証拠があるわけじゃないから、釈明もできない。

オーレのことだって、彼が私に何してるわけじゃないし、ある意味彼も巻き込まれてる立場ってことなわけで。

で、私が彼の前からいなくなったら、エンドウさんは彼を自分のものにできると思ってるんだろうか？

彼女にとって不都合だからって、私が仕事も、信用も、友達も失ってしまうってこと、それってありえることなの？

涙をこぼす私にヒサコさん、ハンカチを差し出すと、「エリちゃんも私もノブちゃんのこと、ちゃんとわかってるから。今私にできることは何もないけど、とにかく様子見てるから。ケヴィンも今はこれ以上何も言わないと思うし、とにかく今はできるだけ足をとられないように、注意して用心するしかないわ」とにっこり笑った。

ハンカチで涙拭いた私、「エンドウさんに直談判《じかだんぱん》しにいく。本人に話したほうが早いもの。喧嘩《けんか》になったってかまわない。きっちり話つける」と言うと、ヒサコさん、「そんなことしても、ノブちゃんの立場が悪くなるだけだから、やめなさい」ときつい口調で言いました。

「それこそが、相手の思うツボよ。彼女は布石《ふせき》打ちまくってきてるから、すでにみんなの同情を集めてる。逆に、ノブちゃんを知らない人たちは、ノブちゃんに良い印象もっていない。そこでいきなりノブちゃんが怒って彼女のところにいっても、彼女は絶対に真実を言わないだろうし、それこそ泣かれでもしたら、あなたの立場はなくなるわ」

ヒサコさんの言葉に、私、呆然としてしまった。

結局私、現時点ではそのまま過ごすしかなく、なす術もない。

恐らくは、見えないところでいろいろ起こっているんだろうけれど、もともとそういうのに鈍いし、そういうのがわからない私には手のうちようもない。

のほほんとオタクしていた私には、そういう社内の策謀的なものには無防備すぎた。

オタクな人生貫《つらぬ》ければ幸せって、それだけでいいと思ってた。

世の中、そんな甘くなかったってことだよね。

会社には、いろいろな人がいる。

カオリさんみたいに、自分のために誰かを利用して、都合よく潰してしまおうって簡単に考える人だってたくさんいる。

自分の小さな幸せを守るために、自分を守るために、私はもっとやっておくべきことがあったのかもしれない。

でも、でもね。

それって、そこまでしなければならないことなのかな。

結局そんなこんなで数日過ぎて、ランチタイムの時。

エリちゃんといっしょにランチに行こうとして、ふと見ると、デスクの上に置いておいたＣＤがないことに気づきました。

かつてないほど蒼白になった私。

『confidential《機密》』って手書きの英語で書かれたそのＣＤ、スギムラ君が特別に入手してくれた十八禁ＢＬゲームの台詞のデモがはいっていて、彼が特別に貸してくれた貴重品。

エロ度特盛りな、外部に絶対出してはならない逸品《いっぴん》なのです。

スギムラ君に許可とって、最近ＢＬにはまっているエリちゃんにも聞かせてあげようと今日会社に持ってきて、デスクの上に置いておいたものなんだけど。

ちょっとあせって、「もしかして私、エリちゃんにもう持っていっちゃったっけ？」とか思って、エリちゃんのデスクに向かいました。

まだ十一時半ちょっとすぎたところだから、ランチに出た人も少ない様子。

うちの会社はランチタイム、好きな時間に取るシステムになってるので、みんなまちまちに行くから、いつもそんな感じ。

まだ仕事しているエリちゃんのデスクにいって、エリちゃんの耳元で「エリちゃん、あのさ、この間話してたCDなんだけど、こっちに……」と、私がそこまで話したその時。

「あああぁぁあん、……うふぅ……………うああぁぁああぁ……お願い……いれて……ああ、アキヒコのその大きいの、いれてぇえ………ああああぁ」

……と、大音量で男の喘ぎ声がオフィスに響き渡りまして。

時間が止まるってまさにこういうことを言うんだろうって、その時の私、思いました。

そこにいた全員、完全凍結。

茫然自失。

見ると、そこにいた全員、視線が空を舞っていた。

今起こっているのは何なの？ってそんな感じ。

しかしそこで私、思いっきりオタクマインドが発動しましたよ。

「あぁ、あぁ、……いい…あぁ………」ってまだ聞こえてくるこの喘ぎ声、朝霧当麻《あさぎりとうま》さんって今、思いっきり女子に人気の声優さんの声だもん!!

そんでもってこれこそが、スギムラ君が私にこっそり貸してくれた十八禁BLゲーム『鬼畜《きちく》の森～愛と欲望のメサイア』で、その朝霧さんがアテたっていう主人公の声だよっ!!

私、喘ぎ声が聞こえてくる大本のところに走っていくと……そこには大慌てでPCの音量をオフにしようとばたばたがたがたしながら顔色変えてるエンドウアカネその人がおりました。

一瞬、目と目があった私たち。

私、大声で彼女に向かって叫びました。

「あなた！　私のデスクから大事なＣＤ、盗《と》ったでしょ!!」

その後のことは、もうなんというか、ドラマのようでありました。

ケヴィンとカツカワさんもいっしょに会議室に呼ばれた私たち。

目の前には、双方の部の部長と人事部長。コンプライアンスの責任者。

何がどういうことでそうなったのか、もうそれは詰問。

当たり前だよね。

みんな仕事している中、あの大音量でオフィス中に男の激しい喘ぎ声が流れたんだから。

中には、電話してた客先に響き渡っちゃったってのもあったみたいで、びっくりして慌てすぎて、そのままいきなり電話切っちゃった人もいたらしい。

いや、朝霧当麻さんのやおい受けの時の喘ぎ声って、我々の間でも「エロすぎる」ってすごい評判で、受け声やらせたら一番だよねーって言い合ってるほどだから、そのレベルのほどは明らかなんだけど。

もちろん、いくら私物とは言えそんなもの会社に持ってくるなって、それはたっぷりとお叱りを受けた私だけど、そこはそれなりの立場にいる人たち、当然突っ込むべきところを思いっきり突っ込んできました。

つまり、まがりなりにも『confidential《機密》』と書かれたCDを、他人のデスクから勝手に持っていっちゃったエンドウアカネその人の行動。

話がそのポイントになった途端、私は人事部長に部屋を出るように言われ。

扉をあけてお辞儀して部屋を出る時、私の目の前には、エロ声CDをはさんで対峙《たいじ》してるエンドウアカネと五人の男たちの姿がありました。

結局彼女はその日そのままデスクに戻ることもなく。

数日後、エリちゃんが私のところにやってきて、「エンドウさん、会社辞めるって」と言いました。

私は別途人事部長から再度呼び出され、いろいろ聞かれたんだけれど、そこで初めて知ったこともいくつかありました。

どうやらエンドウアカネはそれまでも時々、私のデスクにあった資料を一部抜いたりしてたらしい。

もちろん、私が仕事で出したものとか、準備してたものにもさりげなく手を出して、人々が「なんだこれは?」ってなった時に、「あら、ハセガワさんたら、こんな失敗を」なんてやってた。

飲み会とかでは、彼女とオーレがいい感じになっているところに私がいろいろ横槍《よこやり》いれているって話を作っていたそうで、彼女に同情的だった人もけっこうな数いたってことは、その後、別から聞くことになりました。

もちろん今回の一件で、もともと「なんか変」って思ってたケヴィンがものすごいツッコミを見せたようで、男の喘ぎ声CDだったとは言え、明らかに盗難と見てもおかしくないことをやった彼女の行為は、そこから崩れるようにあの会議室で露呈《ろてい》したらしい。

とりあえず人事部長からは、「この件については、これ以上触れないように。口外しないように」と言われ、解放された私ですが。

落ち着いてから、エリちゃんとヒサコさんと三人で、その日不在のケヴィンの部屋でランチしていたら、ヒサコさんがくすくす笑いながら言ったこと。

「無事、片付いてよかったけど。でもさぁ、男の喘ぎ声のはいったCDに助けられたって、なんかいかにもノブちゃんらしいっていうか、オタク魂ってすごいっていうか、何がどうなるかわからないっていうかさー」

それを聞いたエリちゃん。

「あれって何？　って、あの後いろんな人から聞かれたよ。私、すごい恥ずかしかった」

あのCD、その後スギムラ君に返却する時、事の次第を話したのだけれど、スギムラ君ってば、あの邪気のない笑顔で「すごいですねぇ、朝霧さん、そんなところで自分の声が人助けしたなんて、聞いたら喜ぶだろうなぁ」なんて言ってました。

いやぁ、たぶんそれ聞いたら朝霧さん、あきれるほど恥ずかしいんじゃないかと思うけど。

でももちろん私、その後そのゲーム買いました。

私を救ってくれた朝霧当麻さんの声がはいってるんだもの。

しかし、この一件で、私がオタクというのが会社に大バレしてしまったことも事実。

さらに言えば、あんなCDを好んで聞いているというのもバレてしまったわけで、若干みんなが遠巻きにしているのは、エンドウアカネ事件ではなく、実はこっちのほうでのことなのかもしれないと思っていて、正直私、頭かかえてどうしよう……ってなってしまってるんだよね。

＊

オーレがニューヨーク本社に戻るって話は、その日の社内の一大トピックになりました。

そりゃそうだ、彼は人気者だったし、ニューヨークに戻れるなんてすごく良い話だし。エリちゃんは、気持ちよく仕事できた上司がいなくなるのはちょっと寂しいって言ってるけど、日本に来て四年だから、そろそろ本国帰還だろうってのはなんとなく察していたみたい。

彼の仕事を誰が引き継ぐだとか、帰国の手配だとかいろいろ動き出した頃、ケヴィンが私を部屋に呼んで、「オーレのために、サプライズのフェアウェルパーティをしたいんだけど」と言いました。

送別会はそりゃもうあっちこっちで企画されているようなんだけど、ケヴィンとしては個人的に親しかった人少数で、ゆっくりやりたいってそんな感じらしい。

「それでね、パーティ、手伝ってほしいんだけど」ってなことなわけだがケヴィンは自分のアパートメントをパーティ会場として提供するということで、あとは誰を招待して、飲み物や料理をどうするかってところなんだけどケヴィン、「それは、僕のほうで手配するから心配しなくていいよ」と。

え？　じゃあ私、何手伝えばいいのさと思ったら、「少しはやめにきて、準備手伝ってほしいんだよね」とケヴィン。

それくらいならお安い御用だよと思って私、笑顔で「いいですよ」とお答えしました。

帰国が決まってから、オーレは渋い顔で以前にも増してケヴィンのところに来るようになったんだが、前は私に軽口叩きまくっていたのに、最近はちらっと見るだけでほとんど口もきかない。

エリちゃんの話によれば、かなり仕事もたてこんでいるようだし、ニューヨークのほうとの連絡もかなり大変で、挙句の果て独身だから、引越しの準備とかもてんてこまいらしく。

「本当は、もっと日本にいたいんだよね、彼」というエリちゃんに、タマコさんが「日本では彼、大モテだもんねぇ」と笑っていたけれど、横で聞いてたミナさんが「あら、彼ならどこいっても大モテよぉ」と言ってたっけ。

エリちゃんがそれ聞きながら何やら複雑な顔をしていたんだけど、もうすぐいなくなると聞いて、彼のところにはエミリーをはじめとする大量のオーレ狙いの女子が押しかけているらしい。

中には彼と噂のたった人なんかもいて熾烈《しれつ》な競争があるって話。「競争って何の？」と聞いた私にヒサコさん、「相変わらず天然だねぇ」と言い放ち、「そりゃ決まってるじゃない。いっしょにニューヨークに連れていってってな、未来の花嫁志願者たちよ」と笑ってたけど、まぁ、私には全然まったくさっぱり関係ない話。

確かにオーレ、噂もそれなりにあったし、夜遊びだって普通にしていたみたいだから、そういうのもわかるような気もするけれど、エリちゃんやケヴィンを通じて知る彼のイメージは男気がある仕事一筋な印象もあったわけで。

ケヴィンに言わせると、「いやなら断ればいいのに、仕事に集中しすぎて、そういう人たちに適当で曖昧な態度とって墓穴掘ってる」とかだし、エリちゃんの話によれば、「かかってきた電話、いやな人なら私に言って私のところで断るようにすればいいのに、ご丁寧に自分で応対してる」とからしい。

パーティや仕事で渡した名刺でもって、相手の女性が個人的にアプローチかけてくるってのは誰しもによくある話みたいだし、まぁ、嫌なら適当にあしらうのもひとつなんだけど、彼はそこんとこ要領よくない人なのかも。

よく私にも声をかけてきていたし、イベントがあれば必ずといっていいほど誘ってくれていたから、たぶん普通に良い人なのだろうなって、実は思ってた。

そういう彼と私の間に個人的なつきあいが特別あったわけじゃないけど、四年間それなりに関わりもあったし、最後くらいは笑顔で見送ってやろうじゃないかって、そういう気持ちにはもちろんなります。

オーレの帰国があと二週間後にせまったという週末、私はひとりでケヴィンのアパートメントに行きました。

エリちゃんも誘おうとしたんだけど、ケヴィンから「エリはゲストなんだから」と言われ。

まぁ、それもそうだなと思い結局私ひとり、餞別《せんべつ》にとワインを一本持って、表参道《おもてさんどう》のケヴィンのアパートメントの呼び鈴を鳴らした次第。

「あ、ノブ？　今行くから」

インターフォンに応じたのは、なんでか知らんが、ケヴィンじゃなくてオーレその人の声……なんで？

普通、主賓《しゅひん》は最後に来るもんじゃないか？　と思いながら、アパートメントのエントランスドアが開くのを待ち、その後ケヴィンの家の呼び鈴を再度鳴らすと、やっぱりなぜかオーレが出てきまして。

「やぁ、ノブ」って、なんか当たり前に普通に、でもちょっとなんか変な感じで私を中に招き入れました。

「ケヴィンは？」

そう聞いた私にオーレ、「ああ……今、ちょっと出てるから。すぐ戻ると思うけど」と歯切れが悪い感じ。

なんだよ、人を呼んでおいて、自分はどこに出かけたんだよ。しかも主賓置き去りだぞと私、心の中で毒づいたのは当然のこと。

ところが、オーレといっしょにリビングにはいって驚きました。

何も準備されてない。

全然何もない。

いつもの普通のケヴィンの家のリビングまんまじゃん。

これでパーティ？？？

確か、少なくとも二十人くらいは来るはずだったと思ったけど？？？

ワインのボトル持ったままぐるぐる考えている私にオーレ、「とにかく座ったら？」とやけに冷静にソファを指差し……ってか、なんであんた、なんでこの状態で冷静なのよ。

何がなんだかわからないまま、とりあえずスウェーデン製だとかいう白いソファに座った。

そして、その私の目の前に、何やら深刻な顔して座ったオーレ。

「あのさ、今日、あなたのフェアウェルのパーティだよね? 全然準備できてないし、主賓のあなたはもうここにいるし、どういうこと?」

そう尋ねた私にオーレ、一言。

「パーティはない」

………………はい?

びっくりしすぎて呆然としている私にオーレ、「パーティはないんだ」ともう一度。

パーティはない……だとぉ????

じゃあいったいぜんたい、なんであんたと私はここにいるのよ!

目ん玉ひんむいて驚く私に、オーレはさらに言いました。

「ケヴィンに頼んで、ノブとふたりっきりになれる時間を作ってもらったんだ」

……はぁ?

本気で本当にびっくりしすぎて何もいえない私にオーレ、ものすごく言いにくそうに、視線を時々下に落としながら、珍しくおどおどした様子で私に尋ねました。

「僕がノブのこと好きだったの、気がついてた？」

は？

マンガにあるみたいに、本当に口開けたままぽかーんとした私にオーレ、「やっぱり全然気がついてなかったんだ」と、ものすごい暗い声で言いながら、視線を床に落とした。

「できるだけ声をかけてたつもりだったし、食事やパーティに誘ったりしていたけど、君は笑顔でスルーだったし、あきらめかけていたんだ。そんな時にあんな事件があって、知らなかったとはいえ僕絡みで君がとんでもない目にあったりして、あらためていろいろ考えたところに、帰国の話が出てきた。アメリカに帰ったら、君とのつながりもなくなってしまう。だったら、正式に申し込んでみようって思ったんだ」

ハセガワノブコ、オーレが日本語で話してるのか英語で話してるのかすら、びっくりしすぎて判別ついてなかったっていうか、いったいこいつは何の話をしてるんだっていうか。

「なんで私？」

思わず出た言葉にオーレ、「君は普通の女性とは違う」と一言。

う、うん、まぁ、オタクだし、あんなＢＬのＣＤとかも聞いてるし、恋愛とかもまったく興味ないし、確かに普通の女性ってのとは明らかに違うと思うけど。

「僕も子供の頃、外国で育ったからわかるが、言葉も文化も違う国で子供時代をすごすのは大変だ。だが、君はそれを乗り越えて、難関大学まで進学した。キャリアも収入も貪欲に求めることだってできるのに、君はそれをしなかった」

いや、だからそれは、私がオタクだからってだけの理由なわけで……。

「君はいつも謙虚《けんきょ》で、しっかりと自分を持って、活き活きとしてる。日本にいて、たくさんの女性たちが僕にアプローチをかけてきた。みんな、僕という人間をみてるわけじゃない。だからみんな、僕に甘えて媚びた様子で来るけれど、君は違った。はっきりと、だめなところはだめと言うし、僕だからといって容赦《ようしゃ》しない。みんなと同じにフェアな態度だった」

だって私、あなたに特別な興味とかあったわけじゃないもん。

あなただけに特別な態度取る理由が全然ないです。

なんと言っていいやらわからないまま、銅像のように固まっている私にオーレ、絞り出すような声で言いました。

「真剣なんだ。いきなり思いついたことじゃないんだ。ノブがそういういい加減なつきあいをする人じゃないってわかってる。いっしょにニューヨークに来てくれとか、そういうことを今すぐ言うつもりはない。僕もしばらく出張ベースでこっちにしょっちゅう来るし。そういうことも踏まえて、僕との関係を考えてもらえないだろうか」

……私、完全フリーズした。

予想だにしなかった展開。

っていうか、自分の人生にこんなことが起こるなんて。

たぶん世の中、こういうのを喉《のど》から手が出るほど欲している人はたくさん他にいるはず。

なのになんで、心の底からこういうのを望んでいない、夢みてもいない私のところに発生するの？

っていうか、私にどうしろっていうの？

今の私、どこをどうしてどうすりゃいいのか、固まった頭で全然わからない。反応できない。

そして今この瞬間、女性陣に絶大な人気のその顔で、オーレは黙って私を見つめているわけで。

思考停止とは、まさにこのこと。

どうしていいか、まったくわからない、考えつかない。

わからないことに、対応はできない。

逃げるしかない！

そうだ、逃げよう！

「帰る」

立ち上がった私にオーレ、びっくりして「え!!!!」とか叫び。

呆然とするオーレを置き去りにして私、脱兎のごとくケヴィンのアパートメントを走り出ました。

勢いよく扉をあけエントランスを抜けたところで、驚いた顔で私を見つめるケヴィンに遭遇《そうぐう》。

「どいて！」

思わず彼に向かって叫び押しのけ、そのまま走った私は、家までどう帰ったか、全然覚えていない。

帰ってエリちゃんに電話したら、エリちゃん、よりにもよって共謀者でした。

「ノブちゃんが怒るのもわかるけど、でもオーレのあの真剣な気持ち、なんとかしてあげたいって思ったのよ。だってノブちゃん、はっきり言われないとわからないタイプだし」

なんてこと言うの！　エリちゃん!!

はっきり言われたって、わからないって、あんなの!!

もう誰も信じられないよ！　ってエリちゃんの電話を切ったら、その十分後にケヴィンから電話がかかりました。

「ノブ、だまし討《う》ちみたいなことして悪かったけど、でも、ああでもしないと君、とりつくシマもないから。やり方はまずかったかもしれないけど、オーレの気持ちは本当だし、彼はちゃんとした奴だよ。絶対にいい加減なことなんかしないし、言わない。だから、彼の言ったこと、真剣に考えてみて欲しいんだ」

いい加減にしてくれ！　と言い放ち、ケヴィンの電話を切った私、事態にどう対応していいかわからず、気が動転しまくって、結局タツオに電話をすることに。

はっきりいって、この種の話には最も遠い人間なんだが、もう私には相談するのはタツオしかいなかった。

「それはあれだな、いわゆる限りなくプロポーズに近い、交際の申し込みというやつだ」

気の抜けたサイダーみたいなテンションで、でもざくっと突っ込んでくる、相変わらずのタツオ。

「あれだろう、先に渋谷で会った、お前に萌えの外国人だろう、その人物は」

「そうだよっ」と投げやりに応えた私にタツオ、「何か問題があるのか？」と……はい？

「結局は、イエスかノーかの話だろう？　まぁ、率直にいって、お前のような女相手に、そこまでちゃんと考えて対応してくれる男が今後いるかということを考えると、ここで安易にノーというのもなんだと俺は思うが」

相変わらず冷静な口調のタツオに私ってば、驚いてしまいました。

「それってどういう意味よ」

そう聞いた私にタツオ、さくっと返してきやがった。

「お前がレアでコアなアニオタということを知らないにしても、その男の態度は悪くはない。まぁ、時間がないということもあって、やり方はかなり性急だが、手順としては間違っていないだろう。しかも、今まで話を聞いた範囲では、噂や見かけはともかく、わりと不器用で無骨《ぶこつ》な男という印象が俺にはある。そういう男がお前のような人間にそこまで誠意つくしてきたんだ。お前にとっては悪い話ではないだろう」

悪い話じゃないだろうって、あんた、ひとごとだと思ってそんな安易なこと言ってるからに!!

無言のままの私にタツオは追い討ちをかけるように、「冷静に考えることだな。お前がその男を嫌いなら、何も言う必要はないが」とあっさり。

すごく正直に言えば、オーレが良い奴だってこと、知ってる。

なんだかんだといって、タツオの言うように、不器用で無骨な奴ってのもなんとなくわかってた。

でもだからって、今まで彼を男としてみたことはないし、ましてやそんな気持ちがあったなんて、全然考えたことなかった。

だいたい私ってば、彼と何を話したかとか、全然覚えてない。

私にとって、彼はあくまでもケヴィンの仲良し、エリちゃんの上司、ＢＬ萌え設定の攻めだったんだもん。

もちろん、だからといって「あんたなんか嫌いだから」でばっさりやってしまうのは、確かにどうかと思う。

しかし!!

問題はそこじゃない！

オーレとつきあうってなったら、当然アメリカ、しかもニューヨークって場所がメインになるわけで、それは私の人生においてものすごく大問題なのよっ!!

私ってば、何のためにわざわざアメリカから戻ってきたと思ってるの？

オーレのあの真剣度から考えれば、将来のこともある程度は踏まえての今回の話であることは明白。

普通、アメリカ人ってのはつきあいからいきなりそこまでいかないものだし、ある程度の交際期間を踏まえたうえで慎重にそういうことを考えるわけだけど、日本を離れるってことで、オーレはかなりいろいろ考えたんだろうと思う。

なんたってこの件、ケヴィンもエリちゃんも嚙んでたほどに。

そこまで彼はきちんと考えたってことだ。

人として、それにちゃんと対応するのは当然だし、いくら私でもそこまで考えてもらってありがたいと思うけど。

でも!!

だからこそ、彼とつきあうことを選んだら、私ってば、オタクの聖地から遠いところ、ましてやもう二度と、一生行かないでいいと決意していたアメリカはニューヨークに舞い戻ることになるわけで。

アニメリアルタイムで観れない、マンガの連載も毎週読めない、イベントはない、コミック発売日にすぐに買えない、あのニューヨークに戻ることになるの!!

そんなのいやぁぁぁぁぁぁぁぁ!!!!

無言でぐるぐるしまくっている私に、タツオはそこでがつっと最後の鉄槌《てっつい》を下してきました。

「ノブコ、以前から思っていたことだが、お前の人生におけるプライオリティのつけ方は、ちょっと問題がある」

それだけは、あんたに言われたくないっ!!

思いっきり電話を叩き切った私。

「おつきあいしてください」

「いやです」

「なぜですか？」

「アニメが観れなくなるからです」

これ、理由にならないのか？

その人のことが好きとか嫌いとか以前に、これが理由として成立しないかどうか、私はぐるんぐるん考えました。

そして、眠れぬまま朝を迎え、会社に行く時間になってしまった。

こんな私的なことで、しかもみんなにバレバレで休むのは死ぬほど嫌だったので、仕方なく出社すると、朝っぱらからケヴィンの部屋にオーレがいた。

私の姿を見て、一瞬固まるふたりの姿が見える。

もうここまできたら、しっかり自分からやらないといかんと覚悟して、私はケヴィンの部屋にはいりました。

扉を閉め、ふたりの前に立つと、オーレがものすごく言いにくそうに「だまし討ちみたいなやり方して、本当にすまなかった」と言いまして。

ケヴィンが、あの愛らしい受けキャラ丸出しな瞳で「ごめんね」とぽつり。

何も言うことができないまま扉のところに立っている私に、オーレはゆっくりとイスから立ち上がり低い渋い声で言いました。

「いきなりこんなことを言う形になって、本当に悪いと思ってる。でも、何度も言うけれど、安易に言ったわけじゃないんだ。いろいろ考えた末、ケヴィンに無理言って協力してもらった。ノブが、僕に対してそういう気持ちをもてないというのなら、すっぱりあきらめる。考える時間が必要なら、いくらでも待つ。とにかく、僕が言ったことに対して、今ノブがどう思っているか、教えてほしい」

どっかの少女マンガに出てくる男の子みたいな恥ずかしい台詞を並べてたてるオーレに向かって、私の頭の中で、エリちゃんやタツオの言葉が竜巻みたいに渦《うず》巻いている……そんでもって、ここまでがっつり馬鹿丸出しなほどに自分の気持ちを伝えてきている人に、私がいい加減なことをするのは絶対にやっちゃいけないって思った。

「…………あのですね……」

絞り出したように出た私の言葉に、オーレとケビンが硬くなるのがわかる。

「……お気持ちは大変うれしいのですが」

そこでケヴィンが、すっとオーレを見て。

「……問題は気持ちではなくてですね……」

ここでふたり、「え？」ってな顔になり。

「……あなたとおつきあいすると、アニメが観れなくなるのが困るんです」

一瞬、何ですか？　そりゃ？　という顔になるふたり。

「つまりですね……私にとって、アニメが観れるか観れないかとか、マンガが読めるか読めないかというのが、ものすごく大事なことでして……」

そこでオーレが、思いっきり笑顔になったのを見て、そこで私が「はい？」ってなった。

「つまりは、ノブは、昨日僕が言ったことにも怒ってないってことだよね？　昨日、僕が言ったことが嫌だとか、だめだとかってそういう意味じゃないってことだよね？」

ものすごくうれしそうにオーレがそう言ったのを聞いて、「いや、ちがっ、そうじゃなくてっ、それはっ!!」と言葉にならない言葉をつないだつもりが。

「よかったね!!　オーレ!!」と立ち上がって、彼の肩を抱くケヴィン……って、あんたたち、違うってばっ!!!!

「ノブ、そんなアニメとかマンガなんて、好きに観ていいに決まってるじゃないか!! そんなこと気にしてたなんて、そんなこと、僕にはまったく問題にならないよ」とオーレは私に叫び、「きゃっほー」と喜び満面な様子で扉を開け放ちました。

いや、お前、ポジティブシンキングにもほどがあるぞ!!

話が根本から違ってるって言おうとしたその時、私の目には、好奇心丸出しにしてきらきらしているヒサコさんとエリちゃんの姿がはいり。

ふたりは駆け込むように部屋にはいってきて、「イエスって言ったのね!」と。

いや、言ってないし、全然そんな話になってないっ!

ところがそこでケヴィン、ふたりに一言。

「いやー、ノブったら、かわいいこと言うんだもん。テレビとかマンガとか、観てもいい? とか言っちゃってさー」

違う!!

全然違ってる!!

「ノブ、ありがとう!! 本当にありがとう!!」

うれしそうにそう言ったオーレ、いきなり私を思いっきりハグしました。

ハグ=抱きしめる。

……………ガラス越しにそれを見て、驚愕する人々。

あんぐり口をあけてこっちを見ているエミリーの姿。

違う!!

違うの!!

全然話、違ってるから!!

きゃーきゃー言い合ってる四人に向かって、そう言おうとして、でも言葉にならない。

どこでどうなって、こういう展開になってるのか、全然ついていけてないよ!!

呆然とオーレの傍に立つ私の脳内で、電話で話した時のタツオの声が聞こえたような気がしました。

「ヒロインに予定調和なハッピーエンドなんて、そんなものは駄作《ださく》だ。名作と呼ばれるアニメは、脚本演出作画とすべてにおいて、ファンの我々の期待をいい意味で裏切ってくれてこそなんだぞ」

エピローグ

――もうひとつの華麗なる日常

「ヨーさんって、本当にいい人だよねぇ」

久しぶりに三人で取ったランチタイムで、ヒサコさんがしみじみとエリちゃんにそう言いました。

それを聞いたエリちゃん、ほんのり笑顔で「うん」と、とてもうれしそう。

週末、エリちゃんのボーイフレンドのサミュエル・ヨーさんの誕生日会が彼の自宅で行われたんですが、ヒサコさんと私もそこにご招待いただき。

ヨーさん、自分の誕生日だっていうのに、自分で企画して自分で準備して……なんで？って思ったら、エリちゃんいわく「彼、みんなに祝ってほしいんじゃなくて、みんなで楽しんでほしいんだって」と。

もうこの言葉からして見事なほどの良い人ぶりなんだが、行ってみてもっと驚いたのは、ホームパーティにしては手の込んだ料理の数々。

なんとヨーさん、わざわざどっかのレストランに特別に頼んで、ケータリングしてもらったそうで。

三十人ほど集まったヨーさんの友達や同僚、さすが彼の親しい人たちだけあって、みんな気さくで楽しく、ほのぼのした人たちでした。

帰り道、「なんかあったかい、いいパーティだったね」って、私とヒサコさんでしみじみ語り合ったほど。

エリちゃんが彼とおつきあいを始めた当初は、私も彼のこと、メガネかけたドラえもんとかって言ってたけど、今はそんな彼の人柄の良さや懐《ふところ》の深さを知るようになって、大好きになりました。

そこで、店ご自慢のギリシャ風サラダをつつきながら、「あーあ、私だけ、スティルシングルなのよねぇ」とヒサコさん、つまらなさそうに言いまして。

「エリちゃんには文句つけようがないくらい良い人のヨーさん、ノブちゃんには、ラブラブのオーレ……」

そう言ったヒサコさんに私、「何がラブラブ？　やめてよ！」って思わず抗議したんだが。

エリちゃん、表情も変えずに「ラブラブでしょ。オーレ、かわいそうに、また休暇は日本に来るし」と。

「えー、また来させるのぉ?」とびっくり顔で私に言ったヒサコさん、いや、別に、私がそうさせてるわけじゃない……。

ニューヨークに戻ったオーレ、その後もふた月に一度は日本に出張してきてるけど、プライベートではサンクスギビング以外の休暇は日本に来てる。

自分からは言いたくないんだけど、結局それは私のためにそうしてくれてるわけで。

つきあってくれと正式に言われた後、結局私は一度もニューヨークに行っていない。

オーレは「そんなの期待してない」って笑顔で言って、来られる限り、日本に来てくれているわけだけれども。

なんていうか、なりゆきでオーレとつきあうってことになってしまったんだが、私の生活そのものは全然変わらなかった……というか、変わりようもなかった。

オーレはあの後ニューヨークにいっちゃって、その後のつきあいっていったら、スカイプかかってきて話すとか、メールのやり取りがメイン。

私がオーレと話しているのを横で聞いてたタツオが、「なんだかんだいって、お前らは話があっているようだな」って言ってたけど、つきあうってなってあらためてオーレという人と関わってみると、真面目できちんとした朴訥《ぼくとつ》とした人で、居心地悪くない。

　本人が言っていたとおり、出張ベースでよく日本に来るけど、仕事で来てるわけだから、その合間をぬって会ったりしてる感じで、けっこうばたばたしている。

　エリちゃんもヒサコさんも、うちの親ですら、「たまにはニューヨークに会いに行ってあげたらどうだ？」と言うし、それは本当にごもっともなのですが、はっきりいって私にそんな余裕はない。

　だって、ニューヨークまで行くとなれば、少なくとも週末、もしくは連休とかにかかるわけで、そういう時は絶対にイベントがある。

　今回オーレが来るのも夏休みになるんだけれど、年に二回のコミケがあるこの時に、私がアメリカくんだりまで行くわけない。

　そういうオタクマインド、ごくごく普通の人のエリちゃんやヒサコさんにはわからないのは当然としても、おのれもオタク（時代劇オタク）のうちのバカ父には、「じゃあ、十二時間連続放映で『柳生《やぎゅう》一族の陰謀』特別編とか、二日連続でテレビドラマやったら、それ無視しても外国に遊びにいかれるの？　お父さんはっ!!」と言って黙らせた次第。

　いまどき、ＨＤＤがあるから録画できそうなものだけど、以前機械に弱い母が、掃除している最中に何かやらかして、バカ父がメモリー録画していた時代劇のすべてのデータをふっとばして以来、彼は毎日HDDをチェックしないと不安でいられない性分になってる。

関係ない人には、そんなイベントごときで何言ってるの？　ってなるのは当然かもしれないけれど、我々オタクな人間にとっては、一年の基準はコミケにあるといっても過言ではないほどの大事なイベント。

外国人のオーレにこれを説明したところで、日本人にも理解できないことを彼がわかるわけもなく、彼はただ「とりあえずすごく大事な何か」ってレベルの認識みたい。

その時、つまらなさそうにしているヒサコさんに、エリちゃんが何気なく言いました。

「ヒサコさんって、けっこうモテると思うんだけど。どういう人が好みなの？」

その問いにヒサコさん、「顔の良い人」とあっさり。

え？　ってなった我々に、「私、顔が良ければ他はどうだっていいのよねぇ」とヒサコさん。

……それってなんか、私とは違った意味ですごくないか？

びっくり顔の私たちに向かってヒサコさん。

「私って、本当に面食い街道一筋なのよね。幼稚園の頃からずっとで、五歳で同じたんぼぽ組のツヨシ君ってすっごくかわいい子の手を離さないでツヨシ君泣かしたことから始まって、その後もずっと顔だけで男選んできたっていうか。高校生の時、すごいハンサムだった先輩に『先輩の顔が好きです、つきあってください』って言ってものすごい引かれたし、大学時代はすっごいステキな教授に『君、授業中は僕の顔ばかりみていないで、ちゃんと授業受けてね』って呼び出されて注意されたり」

淡々と話すヒサコさんだけど、内容のほうはなんか、ものすごいレアっていうか、濃いっていうか、そういう気がする……。

「大人になってからもねー。顔だけは良いけど、ものすごい頭悪い男とか、すごいケチとか、金づかい荒いとかもいたな。中には、アメリカの首都はロスアンジェルス‼って堂々と言ってたのもいたなぁ」

そこでエリちゃん、さっと下向いちゃった。

わかる。わかるよ、エリちゃん、その気持ち。

「たまにはいい人もいたんだけど、でも、そういう人だと怒っちゃうんだよね」

「え？　なんで？　なんで怒るの？」

思わず聞いた私に、「君は僕の顔だけが好きなんだねってなって、私もそうですって言うから」とヒサコさん……そりゃ怒るわ。

でもさ、顔が良いのだったら、うちの会社にもけっこういるじゃない？　と思ったら、ヒサコさん、外人はだめなんだそうで。

「やぁよ、紅毛人《こうもうじん》なんて。やっぱり東洋人、日本人じゃないと」って言うから、紅毛人って何？　って聞いたら、エリちゃんが「昔の人は、白人種をそう呼んだのよ」と小声で教えてくれました。

「ヨーさんみたいに良い人でも、やっぱり私、顔が良くないとだめなのよねぇ。これはもう、好みとかって問題じゃなくて、本能と生理的な欲求みたいな気がするわ」

相変わらず飄々《ひょうひょう》と言うヒサコさん。

私も相当に突き抜けてる自覚あるけれど、ヒサコさんも別なところで、えらく突き抜けてる気がする。

「だったら、顔が良くて人間だめなのと、顔はいまいちだけど人間素晴らしいのとだったら、どっち？」と聞いたエリちゃんに、「顔が良いほう」とさくっと答えたヒサコさん、もうこれは筋金入り。

「どこかに顔が良くて、性格も普通の独身男っていないかなぁ」

ヒサコさんのその言葉に私とエリちゃん、思わず無言になっちゃったんだけど。

週末の金曜日、予想もしなかったとんでもないことが発生。

大阪に出張していたラモンが、なんと駅の階段から落ちて骨折。

ちょうどそれが帰りの新幹線に乗ろうとしていたって時だったので、ヒサコさんが病院から連絡を受けたのは午後六時過ぎた頃でした。

ラモン、大きな仕事を週明けから抱えていたこともあって、びっしり組まれていたスケジュール、すぐさまなんとかしないとって緊急事態となり、ヒサコさん、あっちこっちに電話とメールに大わらわ。ビジネスそのものをキャンセルするわけにはいかないので、一時的にその仕事はケヴィンが代行することとなり、当然その調整に彼と私は大慌てで取り掛かり、三人でとにかく大騒動になっちゃいました。

ニューヨークとボストンのスタッフと予定されていた電話会議や、香港に提出する予定だった書類やら、とにかくできる範囲でケヴィンがやるってことで、先方への連絡やら、そのための準備やらで、我々がやっと一息ついたのは夜十一時も過ぎた頃。

ヘトヘトになったケヴィンはタクシーで帰宅。

ちょっと家が遠いヒサコさん、「疲れちゃったから、ホテル泊まっちゃおうかなぁ」と言うので、「いやじゃなかったら、うち来る?」と誘ってみました。

「寝る場所もあるし、パジャマも貸してあげるよ。ホテル泊まるくらいなら、うち来たほうがゆっくりできると思うしよかったら」

そう言った私に、「じゃあ、お言葉に甘えちゃおうかな。明日どうせ休みだし」とヒサコさん。

会社からタクシーを拾って、まっすぐ家に戻った私たち。部屋の扉を開けたところで、中に人がいることに気づき……あ、しまった、今日ってタツオメンバーが来るって言ってたんだっけ。

どうしようと思っていまさらながらヒサコさんにそれを告げると、「私は全然気にならないから。それより、噂のタツオさんたちに会えるなら、そのほうがうれしいかも」と言うので、そのまま家の中にはいりました。

「おかえりなさーい」

いつもの屈託ない明るい声を私たちに向ける、スギムラ君とアサヌマ君のふたり。

無言で挨拶するクニタチ君とタツオ。

知らない女性の出現に一瞬びっくりした四人でしたが、ヒサコさんが自己紹介すると、「あ、あのCD事件の時にいろいろ助けてくれたってヒサコさん!!」と言ったスギムラ君の横で、「あ、あの沈着冷静、氷の女王なヒサコさん!!」と言っちゃったアサヌマ君。

君たち、キャラが見えすぎ。

すっかり深夜って時間だったけど、ご飯食べる時間もなかったヒサコさんと私、ピザをオーダーして食べようってことになり、ついでに酒でも飲みますかって状態に。

次の日、早朝からイベントに出陣予定だった四人、目当てだったゲストの声優のあかり舞《まい》ちゃんが急病で出演キャンセルとなったため、結局私たちといっしょに飲んだくれることになりました。

「お噂はかねがねでしたから、今日お目にかかれてうれしいです」と笑顔で言うヒサコさんだが、いやぁ、会ったからって何がどうってことないと私は思うわけで。

オタクにまった縁なんぞなく、しかも興味もないヒサコさんだけど、ヒサコさんを無視した四人の熱いオタクな語らいにも楽しそうな様子。

「ごめんね、こんなんで」と耳元で囁《ささや》いた私に、「え？　なんで？　すごく楽しいよ」と返すヒサコさん。

四人、今、年齢層の高いアニメファンの間で話題の「逆光のシムリーン」ってアニメについて白熱した会話を続けているわけですが。

ヒサコさん、いつもと変わらぬ様子で、ピザを食べながらそれを面白そうに聞いている。

そしたらその内、いつものようにアサヌマ君が立ち上がり、唾《つば》を飛ばして拳を振り上げて、これまた捏《こ》ね繰り回した理屈炸裂で、強烈にディープなシムリーンについての評論語りを始めまして。

それに慣れた我々、無言のまま「スイッチはいったな」って感じなんだけど、今日はヒサコさんがいる。

一般女子にこれは、かなり強烈と思うんだけど、ヒサコさんてば、全然動じずににこにこしながら、顔を真赤にして語ってるアサヌマ君を見つめてたり。

う――ん、さすが大物。

しばらくして、これまたいつものようにタツオが「アサヌマ、そろそろ座れ」と一言放ち、我に返ったアサヌマ君、すとんとイスに座りました。

いきなり冷静になった彼、いまさらながらに初対面のヒサコさんがそこにいることに気づき、今、自分がレアでコアなオタク語りをしてたことを省《かえり》みた様子で、ちょっと恥ずかしそう。

まったく、恥ずかしいならやるなよと思うんだけど、奴の場合、これはもう、手にしたものはすべて洗わないといられないアライグマと同じ、本能と習性みたいなものだしな。

アサヌマ君が黙って、一瞬そこに沈黙が訪れたその時。

ヒサコさんがアサヌマ君に向かってにっこり笑顔で言いました。

「私、あなたの顔、とても好きだわ」

…………………………………はい？

突然のその言葉に、びっくり眼になってるのは、スギムラ君と私。

黙ってアサヌマ君を見つめているタツオとクニタチ君の視線の先で、アサヌマ君は、みるみるうちにその顔を真赤にしました。

本気で訪れちゃった静寂……。

な、何が起こったんだよ、いったい。

そしたら、その静寂を破るアサヌマ君の言葉。

「あ……ありがとうございますっ」

え!! そこって、お礼言うとこ??

さらにびっくり眼になっちゃったスギムラ君と私の横で、クニタチ君とタツオは、なにごともなかったかのように酒を飲んでいる。

結局その夜は、寝ましょうってその時まで、にこにこしながらアサヌマ君の顔を見つめているヒサコさんと、その前で達磨《だるま》みたいに全身真赤に染めたアサヌマ君をあいだに、それを無視してアニメについて語る残るメンバーって感じで終わりました。

そして朝、クニタチ君が用意してくれた朝食にありつく我々……何か違うんだけど、この際無視して、ありがたくご飯いただいたんだが。

「すごく楽しかったわー。ありがとうね、ノブちゃん」

午後に予定があるからと、朝食後にみんなに挨拶をして、家を出ようとしたヒサコさんに、突然アサヌマ君が。

「あ、あの、連絡先、聞いてもいいですかっ!!」

え――――っ!

またしても、びっくり眼になって固まるスギムラ君と私。

冷静に事態を見守っているタツオとクニタチ君。

「あの、僕、女の人に、あんなにちゃんと好きって言われたの、生まれて初めてで…………」

ってアサヌマ!!

それ違う!!

ヒサコさん、好きって言ったけど、それはあくまでも君の顔のことであって……!

……と、私が心の中で叫んだその時。

当人のヒサコさん、にっこり爽やかに笑って、「じゃ、これ」って名刺を渡しまして。

まじぃぃぃぃ???ってなって、さらにびっくり眼になった私。

もちろん、スギムラ君もだ。

そのままさらりと去っていったヒサコさん、しばらく呆然とする我々。

そして一番最初に我に返った私、アサヌマ君の襟首ひっつかんで、「ちょっとあんた！何恥ずかしいことやってんのよ‼」と叫ぶと、慌ててあいだにはいるスギムラ君。

「ノブさん、落ち着いて‼」

「ヒサコさんが言ったのは、あんたの顔が好きってことで、あんたを好きって言ったわけじゃないんだからっ‼」

自分よりでかい（しかも強い）アサヌマ君をがくがくいわせたその時、私の脳裏に浮かんだ重要事項。

ヒサコさんはスーパーウルトラ面食いで、しかも顔以外どうでもいい。

彼女が求めるのは、顔だけはいい、とりあえず真面目で誠実な男。

もしかしてそれって、アサヌマ君ぴったり、ヒサコさん好み？

そういえば、前にアサヌマの写真みて「いい」とかいってたような気がする。

固まった私を見てタツオ、「ノブコ、関係ないお前が介入することじゃない。当人同士でOKなんだから、それ以上はなしにしておけ」とあっさり。

見ると、私に襟首摑まれたアサヌマ君、全然動じず、真赤な顔したままでうれしそうににやにやしてる。

……げ、気持ち悪いぞ。

その後、うちにひとり残ったタツオってば、私にダメ押しすることを忘れませんでした。

「ノブコ、お前、いつものおばちゃん出現させて、ヒサコ嬢とアサヌマの件にクビを突っ込むのはなしだぞ。これはあくまでも、ふたりのプライベートなことだからな」

ちくしょー、こいつってば、いっつも私の先を読みやがる。

でも、悔しいけれど、タツオが言ってるのは本当にそうなので、私は結局その後しばらく、アサヌマ君にもヒサコさんにも、この件について話することはなかったのですが。

それからしばらくして、「ちょっと話があるから」とヒサコさんに誘われ、就業後にお茶しにいった私。

テーブルにつくなりヒサコさん、「犬の散歩にいってきたの」ってのと同じノリで、「アサヌマ君とつきあってるの」と言いまして。

ごめん、いや、本当に、なんていうか、もうね。

びっくりした私、コーヒーこぼしましたよ。全部、ぶちまけた、テーブルに。

慌てて拭きにきてくれた店の人の前でも、びっくりしたまま固まっていた私。

落ち着いたところでヒサコさん、事のあらましを話してくれました。

「あの後、少ししてからメールもらって、それから会うようになったの。会ってすぐ、つきあってくださいって言われたから、はいってお返事したのよね。だってほら、彼って、すごく顔いいじゃない？」

あらまし、これだけだったんだけどもさ。

「ヒサコさん、あの暑苦しいオタクな語りとか、平気なの？　オタクな私たちだってかなり引くのに、普通の人なヒサコさんだったら、もっと抵抗あると思ったんだけど」

そう聞いた私にヒサコさん、すごく不思議そうに言いました。

「オタクな語り？　そんなのしてる？……ああ、そういえば、会った時はいつも彼、何か熱く長く語ってるわね、すごく楽しそうに。でもほら私、顔しか見てないから、内容まで聞いてなかったわ」

……今ハセガワノブコ、超びっくり眼だったと思うのね。

すごい。

まったく相容れてないふたりで、見ている場所にまったく交差するポイントがないけれど、別な意味で完璧に合ってるって感じがする。

っていうか、これってよく言う、割れ鍋に綴《と》じ蓋ってやつ？

ぐるぐるしている私の前で、ヒサコさんは相変わらずいつものヒサコさんで、「彼ってほんとに、顔良いわよね」って、いや、そこって普通は「良い人よね」って言うところなんじゃないの？

固まっている私に全然頓着せず、これまたヒサコさんが私に言ったこと、私の理解限度を超えました。

「ねぇ、ノブちゃん。ところで彼って、何してる人なんだっけ？」

家に帰って速攻、タツオに電話した私。

事情を聞いたタツオ、「そうか」と一言。

そうか……じゃないって！

もっといろいろいうべきことがあるだろう!!

そばにいたら、蹴り倒していたほどにムカつく対応は、ほんと、タツオならではだと思うけれど、本当にこういう時ってムカつくんだよ、こいつは。

「何も問題ないだろう」と言うタツオに、「だってヒサコさん、アサヌマ君の顔以外、全然何も知らないんだよ？」と私が言うと、「だから、問題ない」とまたしても……何が問題ないんだよっ。

「問題あるような奴だったら、俺があの場で止めている。アサヌマはあれでも、慶應の経済卒業で商社勤務、父親は都内の大きな病院の院長だ。オタク語りを除けば性格は至って真面目で、男兄弟の中で育っている上、武道もやっているから過剰なほどに女には丁寧だし、しかも三男だから、結婚しても姑《しゆうとめ》問題とかはないぞ」

姑問題って、あんた、そこまで誰も聞いてないよ。

「商社勤務ってどこの商社よ」

そう聞いた私に、「片桐《かたぎり》商事」と答えたタツオ、私、その名前にびっくり。

それ、いわゆる一流商社じゃんか!!

「そんなところであの顔、しかも慶應だったら、モテモテじゃん!!」

「ノブコ、お前は女の癖《くせ》にわかっていないな。顔はいいが、ああいう性質だから女にまったく縁がない。むしろ、顔がいい分、敬遠されるゲージのほうが高い。だいたい、顔と性格だけいい男というのは、モテない典型なんだぞ。面白くもなんともないじゃないか。だいたいあいつに、女心をそそるような行為が期待できると思うか？　挙句にあのオタクトークを聞いたら、百人いる女全員、その場を去るのが常識だ」

……世の中ってそういうものなの？

黙っちゃった私にタツオってば、畳《たた》み掛けるようにして言いましたよ。

「いいか、ノブコ。余計なことはするなよ。ヒサコ嬢は、ひじょうに冷静かつ有能な女性で、さらに見ばえもなかなかよろしい。そのうえ、アサヌマの顔が好きで、俺でもあきれるあのトークをまったく気にしていない。アサヌマの人生で一度あるかないかの相手だろう」

タツオの言ってることは、本当にその通り。

黙ってしまった私、電話を切ってからもしばらく、ぐるぐると考えてしまいました。

確かにこれはふたりの問題だし、私ごときがとやかく言う筋合いはない。

これは黙って静かに、ふたりの行く末の幸せを願って、暖かく見守るのが筋かと。

ところが。

その数日後、なんでか知らんが珍しく私の自宅に夜、電話してきたアサヌマ君。

「すみません、ノブさん、突然」

……て何やらすっごく浮かれてるっていうか、笑ってるっていうか。

「どうしたの？　何かあったの？」

そう聞いた私にアサヌマ君、「いえ、まずやっぱり最初に、ノブさんに連絡しないとって思って」と。

は？　何を？

一瞬黙った私にアサヌマ君、さくっと一言。

「ヒサコさんと僕、結婚します」

……………………………………………………。

……………………………………………。

えええええええええええええええええええええええええっ!!

「今さっき、そういうことになりましたんで」

いや、なりましたんでって、私がヒサコさんからつきあってるって聞いたの、二週間くらい前だよ?

何なの、その展開。

いまどき、乙女ゲームだって、恋愛相手攻略に三ヶ月くらいかけるよ?

落とすのにセオリーとかあるのよ?

っていうか、プロセスが全然ないじゃないの、君たち!!

どっからどうなってそうなるの!!

物事にはすべて、順番とかあるのよ!!

「さっきまで食事していたんですけど。ヒサコさんがすっごくうれしそうに、僕の顔、ずっと見ていたいって言うので、つい、じゃあ一生見てますか？　って言ったら、その場でうんって返事もらったんですよ」

いや、それって、あの、なんていうか、全然違うっていうか……そういうものなのっ？？？

っていうか、君たち、あるべき攻略ルートがお互いなさすぎ!!

恋愛ゲーム、始まった途端にエンディングってのは、普通はバッドエンドなんだよ!!

びっくりしすぎて腰が抜けた私に、アサヌマ君、最後に最大級にすごいことを言いました。

「いやぁ、本人にはいまさら失礼かなってちょっと直接聞けなかったんですが。ヒサコさんっていくつなんですか？」

神様っ!!

ハセガワノブコ、この一件には関わっちゃってますが、加担してませんっ！

なので、このふたりがあなたの前で生涯の愛を誓って、それがこういう状態のものでも、私にはいっさいかかわりありませんっ!!

何も言えずにいる私に向かってアサヌマ君、ものすごくうれしそうに言いました。

「ノブさんのおかげです。僕のこと、あそこまで好きって言ってくれる人に出会えたのは。ありがとうございます!!」

だからそれ、違うって!!

叫んだつもりだけど、驚きの余りに声が出なくて、かすれた声がひゅーって私の喉から出ましたよ。

神様。

私ってば、自分のことだけで手いっぱいなんです。

だからこれ以上、こんなすごいことに巻き込まないでください!!

うれしそうにいろいろ語りだしたアサヌマの声を聞きながら、私は心の底から神に祈りましたよ。

神様、ごめんなさい！

解説――史上初（⁉）の本格的オタク女子小説！

書評家　大森《おおもり》　望《のぞみ》

前代未聞というか何というか、祥伝社文庫から、およそ祥伝社文庫らしからぬ（？）とんでもない書き下ろし長編小説が登場した。

泉《いずみ》ハナのデビュー作となる本書、『外資系オタク秘書　ハセガワノブコの華麗なる日常』は、大手町《おおてまち》の外資系投資銀行に勤めるヒロインのお仕事小説×超ディープな女オタク小説という、ありえないカップリング。帰国子女の銀行秘書にして重度の腐女子《ふじょし》――この強烈なミスマッチが爆発的な笑いを生む、いまだかつて例のないタイプの〝日常〟小説なのである。

それにしても、われらがヒロイン、ハセガワノブコの設定はつくづくとんでもない。小学生時分から筋金入りのアニメ／マンガ／ゲームオタク。キリスト教系の名門私立女子校中等部に合格し、オタク生活を満喫していたところ、商社マンである父親の転勤にともない、泣く泣く東京を離れてニューヨークに引っ越し、向こうの名門女子校に転入することに。そこで（結果的に）セレブなお嬢様たちとの人脈を築き、（成績が悪いと日本からのアニメ／マンガ定期供給が打ち切られてしまうため）必死に勉強した甲斐《かい》あってカリフォルニア大学アーバイン校に入学。優秀な成績で卒業して、めでたく帰国を果たすと、ニューヨークを本拠とするオークリー銀行に秘書として採用され、大手町のオフィスでキャリアを積む。

それから十年、現在のハセガワノブコは、当年とって三十二歳、バリバリの腐女子兼キャリアウーマン。上司のケヴィン・ダンウェイ（法務部マネージャー、三十六歳）は絵に描いたようなアメリカハンサム（婚約者あり）だし、その親友で営業部マネージャーのオーレ・ヨハンセン（北欧とスペインの血が混じる長身のイケメン）からも好意を持たれているらしい。

ソウルメイトとも言うべき二歳上の従兄《いとこ》、タツオは、これまた超ディープなオタクでありながら、自分で開発したゲームの権利を売って大金を稼ぎ、ネット上での活躍から、同類の尊敬を一身に集める有名人。ノブコが困ったときには、個性的なオタク軍団を引き連れて救援に駆けつけてくれる。加えて、東京在住の超セレブ妻として日本のテレビや雑誌にひっぱりだこのニーナ・フォルテンとは、ニューヨークの女子校時代からのマブダチ。さらに中盤からは、日本人の超有名な若手イケメン俳優とも友だちづきあいをすることになり……という具合。

かつて、雑誌〈メンズノンノ〉が「今どき流行《はや》りの女子15タイプ」のひとつを〝キラキラ腐女子〟(彼氏持ちのお洒落《しゃれ》な女オタクらしい)と命名し、その勘違いぶりがネット上で失笑を買ったことがありますが、もしもキラキラ腐女子が実在するとしたら、ハセガワノブコがまさにそれかも——と思わせるような恵まれっぷりなのである。

しかしノブコは、そういう三次元的な(俗世間の)好条件にはまったく興味がない。会社に勤めているのはオタ活(オタク活動)に必要な資金を稼ぐためなので、出世欲はゼロ。要求されるだけの仕事しかしないし、玉《たま》の輿《こし》を狙《ねら》う外人好きの女子社員たちと違って、リアルな恋愛や結婚はまるで眼中にないから、ハンサムな独身上司たちも、彼女にとっては、ボーイズ・ラブ的なあられもない妄想のオカズ。いわく、

周囲の秘書嬢たちは、「ケヴィンにオーレに囲まれていいわよねぇ」なんてうっとりいうけれど、彼らは私にとってはただのBLなカップリング、日々の萌えでしかない。

ケヴィンの部屋から時々もれ聞こえるふたりの内緒話なんて、私の腐った脳には、ありがたいネタの投下にしかならない。

それこそが、腐女子の性《サガ》！

早朝から同人誌即売イベントに並んで贔屓《ひいき》の同人作家の新刊を買い、声優イベントに通いつめ、オタ友とカラオケボックスに集まって幻のBLドラマCDを観賞する至福の日々。コミケのためなら（存在しない）死んだ兄の法事をでっちあげて上司の休日出勤リクエストを一蹴するし、レアものの同人誌を落とすためなら勤務時間中でも平気でオークションサイトに張りつく。オタク系イベントがない日は、セレブなパーティーに出るより、家にひきこもってHDDレコーダーに溜まった新作アニメや旧作のDVDボックスをひたすら観ていたいタイプ。プライオリティの第一位はオタク活動なのである。

この情熱にはおよびもつきませんが、ぼく自身もそこそこオタク業界歴は長いので、雰囲気はだいたいわかります。ノブコがタツオに頼んで日本からニューヨークに毎月送ってもらってたアニメ誌の片方、徳間書店《とくましょてん》の〈月刊アニメージュ〉には数年間コラムを連載してたし（なので、もしかしたら中学時代のノブコさんに読まれてたかも……）、耽美《たんび》誌の草分け〈JUNE《ジュネ》〉では、一時期、うちの弟が編集長をつとめていたことがあり、そっち方面の話はいろいろレクチャーしてもらいました。オタク女子の知り合いもけっこういる。現役腐女子のみなさんが本書を読んでどう思うかはよくわかりませんが、そういうぼんやりした知識に照らして読むかぎり、本書の女オタク描写はなかなかリアル。その筋の人なら、あるあるあるとうなずくことも多いのでは。

本書のように、女オタクの生活と意見を正面からきっちり描いた小説は、じつはけっこう珍しい……どころか、記憶にあるかぎりでは、いままで読んだことがない。男が主役のオタク小説なら、滝本竜彦《たきもとたつひこ》『NHKにようこそ!』や川上亮《かわかみりよう》『ラヴ・アタック!』が出た二〇〇二年あたりからいろいろ書かれているし、マンガだったら、腐女子の生態をテーマにした作品は珍しくない。一九九九年に連載が始まった中島沙帆子《なかじまさほこ》の4コマ『電脳やおい少女』とか、御徒町鳩《おかちまちはと》の『腐女子っス!』とか、最近だと、腐女子の高校生にとつぜんモテ期が到来するぢゅん子の学園ラブコメ『私がモテてどうすんだ』とか。

中でも、二〇〇六年に開幕した小島《こじま》アジコの実録エッセイ4コマ『となりの801ちゃん』シリーズ(今も継続中)は、シリーズ累計百万部突破の大ベストセラーになり、腐女子の生態を広く世に知らしめた。このシリーズは、作者の分身であるオタク男子のチベくん(チベットさん)が、腐女子である恋人の会社員、801《やおい》ちゃん(二人はのちに結婚し、子どももできる)を観察し、その言動を4コママンガ化したもの。ふだんはかわいい女の子の姿をしている801ちゃんですが、擬体《ぎたい》の背中にはチャックがついていて、萌え対象を見つけると中身（？）が飛び出してくる……というすばらしい設定。

こうしたマンガ群や、ブログ、ネット記事などのおかげもあってか、この十年ほどで、腐女子の思考パターンや特殊用語（受け／攻めなど）は急激に一般化。あらゆる対象（アイドルやスポーツ選手はもちろん、お笑い芸人や時代劇や文壇や政治家まで）にカップリング（男同士の恋愛関係）を見出《みいだ》す腐女子的な視点も、いまではわりあい広く共有されている。にもかかわらず、なぜか小説では、腐女子の世界をちゃんと描いた例が（ぼくの知るかぎりでは）なかったんですね。

その意味で、本書の存在はきわめて貴重。もしかしたら、史上初の本格腐女子小説かもしれない。

じゃあ、腐女子以外の一般読者は楽しめないかというとそんなことはなくて、『となりの801ちゃん』と同様、オタク属性がない読者にとっては、見知らぬ世界を覗《のぞ》き見るようなおもしろさがある。ふつうに大手町の銀行に勤めてる女性が、じつはこんな私生活を――みたいな興味で読んでもじゅうぶん笑えるし、オフビートなすちゃらかラブストーリーの要素もなくはない。

東京ビッグサイト（コミケや東京ゲームショウなど、オタク系の大きなイベントがよく開催される東京国際展示場の愛称）まで、りんかい線で一本で行けるからと、ノブコが大崎《おおさき》にマンションを借りてて、タツオがイベントのたびに前夜から泊まりにくるとか、一般的には非常識でも、オタ界隈《かいわい》ではいかにもありそうな設定。

そこに見ず知らずのオタクが押しかけてきて大騒ぎに——という話が中盤の山場のひとつになってて、さすがにこれは大げさというか、話をつくりすぎだろうと思う人がいるかもしれませんが、このエピソードに類した実話は、枚挙にいとまがない。2ちゃんねる同人コミケ板の合宿所スレ（「家は宿でも合宿所でもねぇぞ!!」スレッド）で有名になった〝押しかけ厨《ちゅう》〟恐怖実話「肉食般若《はんにゃ》の恐怖」（通称、肉般若事件）をはじめとして、よく知らないオタクの集団がとつぜん自宅にやってきて居座る被害は、多数報告されている（本書のこのエピソードで明らかにフィクションの領分に属するのは、あわやというとき助けにきてくれるヒーローのほうですね）。

そういうオタク界の恐怖体験と同時に、セレブなパーティーや社内における女同士の競争の恐怖がクローズアップされてくるのが本書の特徴。ファッション業界を舞台にした沢尻《さわじり》エリカ主演のTVドラマ「ファースト・クラス」ですっかり有名になった、女同士のマウンティングの世界。

われらがハセガワノブコは、そういうマウンティングにまったく興味がなくて、オタク世界だけに浸《ひた》っていたいのに、世間的に見て恵まれすぎている立場ゆえに、ゲームから降りているつもりでも、そうは見てもらえない。知らないうちに嫉妬《しっと》を買い、格付けと競争に巻き込まれて、攻撃目標としてロックオンされ、いわれのない中傷や悪い噂《うわさ》の標的にされてしまう。

先ごろ山本周五郎《やまもとしゅうごろう》賞を受賞した柚木麻子《ゆずきあさこ》のダークな女友達小説『ナイルパーチの女子会』でも、ノブコと同世代（三十歳）で総合商社に勤める主人公の片割れが、女同士を競わせ闘わせようとする力に対抗するためには女同士で手を取り合わなければならないと力説するくだりがありますが、ノブコの場合は、その競争の外側にあるオタ友との連帯が生活のよりどころ。その意味では、本書は、格付け社会や競争社会に生きづらさを感じる女性に対してオルタナティヴを示す小説だとも言える。

たいていのオタク男子小説が、多かれ少なかれ、オタクを現実に直面させようとするベクトル――英語で言う“Get a life!”（ちゃんと生きろ！）感――を含んでいるのと対照的に、本書のハセガワノブコは、社会生活とオタクライフを完璧に切り分けたうえで、なんの迷いもなくオタクライフを優先している。彼女は明らかにそうやって優雅な生活を楽しんでいるわけで、つまりこれは、“Get lives!”（いろんな人生を持て！）という、オタク女子からの教訓の書でもある。

四十歳になっても五十歳になっても、結婚しようが子どもができようが、おそらくハセガワノブコの華麗なる日常はいささかも揺るがないだろう。とはいえ、彼女をとりまく多彩な登場人物たちの〝その後〟もおおいに気になるので、本書で華麗なるデビューを果たした泉ハナ氏には、ぜひとも続編を書いてもらって、いずれはこれが〝女オタクの一生〟を描く大河シリーズに発展することに期待したい。

一〇〇字書評

切り取り線

購買動機（新聞、雑誌名を記入するか、あるいは○をつけてください）

- □（　　　　　　　　　　　）の広告を見て
- □（　　　　　　　　　　　）の書評を見て
- □ 知人のすすめで
- □ タイトルに惹かれて
- □ カバーが良かったから
- □ 内容が面白そうだから
- □ 好きな作家だから
- □ 好きな分野の本だから

・最近、最も感銘を受けた作品名をお書き下さい

・あなたのお好きな作家名をお書き下さい

・その他、ご要望がありましたらお書き下さい

住所	〒				
氏名		職業		年齢	
Eメール	※携帯には配信できません	新刊情報等のメール配信を 希望する・しない			

この本の感想を、編集部までお寄せいただけたらありがたく存じます。今後の企画の参考にさせていただきます。Eメールでも結構です。

いただいた「一〇〇字書評」は、新聞・雑誌等に紹介させていただくことがあります。その場合はお礼として特製図書カードを差し上げます。

前ページの原稿用紙に書評をお書きの上、切り取り、左記までお送り下さい。宛先の住所は不要です。

なお、ご記入いただいたお名前、ご住所等は、書評紹介の事前了解、謝礼のお届けのためだけに利用し、そのほかの目的のために利用することはありません。

〒一〇一‐八七〇一
祥伝社文庫編集長 坂口芳和
電話 〇三（三二六五）二〇八〇

祥伝社ホームページの「ブックレビュー」からも、書き込めます。
http://www.shodensha.co.jp/bookreview/

祥伝社文庫

外資系《がいしけい》オタク秘書《ひしよ》　ハセガワノブコの華麗《かれい》なる日常《にちじよう》

平成27年6月20日　初版第1刷発行

著　者　泉《いずみ》ハナ

発行者　竹内和芳

発行所　祥伝社《しようでんしや》

東京都千代田区神田神保町3-3
〒101-8701
電話　03（3265）2081（販売部）
電話　03（3265）2080（編集部）
電話　03（3265）3622（業務部）
http://www.shodensha.co.jp/

印刷所　萩原印刷
製本所　積信堂
カバーフォーマットデザイン　芥陽子

Printed in Japan ©2015, Hana Izumi　ISBN978-4-396-34124-4 C0193